七夜物語

上

川上弘美

朝日文庫

本書は二〇一二年五月、小社より刊行された上下巻を三分冊したものです。

七夜物語　上　目次

（中巻目次）

（下巻目次）

七夜物語　上

第一章

図書館

さよは、いつも不思議に思っていた。なぜ母は、図書館がきらいなんだろうと。

もちろん、母にはきらいなものがたくさんある。

母はまず、テレビがきらいだ。

「わたしはね、唾棄すべき習慣だと思っているの、ものを食べながらテレビを見るのって」

このあいだの日曜日も、母はそう言っていた。さよはちょうどその時、遊びにきていたお隣のあかりちゃんと二人して、おやつを食べながらテレビに見入っていたところだった。いったん二人に向かってにっこりしてみせてから、母は、ぱちんとテレビのスイッチを切ったのだ。

「だき」

あかりちゃんは、びっくりしたように、さよの母の言葉をくりかえした。

「唾棄ってね、つばをはくくらいきらい、という意味よ」

母はすずしい顔で説明した。

「さよちゃんのお母さんは、変わっている」

さよの家に遊びにくる友だちは、たいがいそう思うらしい。たとえ口に出さなくとも、お腹(なか)の中でそう思っているに違(ちが)いないということを、さよは知っている。

「このバナナ、おいしいですね」

あかりちゃんが、とりなすように言った。いつも母はさよに言う。バナナも、母がきらいなものの一つだ。すじが、きもちわるいの。いつも母はさよに言う。すじのまん中を走っている黒い細いあれって、へんなふうに苦いじゃない。

「よかったわ。あなたは、バナナが好きで」

あかりちゃんはもう慣(な)れてくれているけれど、母が自分のことを「わたし」と言い、さよやあかりちゃんのことを「あなた」と呼(よ)ぶところも、母の「変わっている」ところだ。

ふつうのおかあさんならば、自分のことは「おかあさん」「かあさん」「ママ」と言う。そして、自分の子供(こども)に向かっては「さよ」と呼びつけに、よそさまの子供ならば「あかりちゃん」と、名前に「ちゃん」をつけて呼ぶ。

けれど、さよの母は違う。どうして母さんは、みんなのおかあさんのようになってくれないんだろう。いつもさよは、思っている。

そんなふうに思っているとはいえ、むろんさよは、母のことが大好きだ。

　さよとあかりちゃんは、四年生になったばかりだ。

　さよが母と二人で、この欅野区の幸団地に引っ越してきたのは、さよが小学校にあがる直前の春だった。

　その前には、家に父がいた。

　父は、あごにも頰にも、もじゃもじゃとした髭をはやしていた。そして、体が大きかった。父の風貌は、絵本の中のくまを思わせた。自分でもそのことを知っていて、気が向くと、「くまさんだっこだぞ」と言いながら、さよを肩よりも高く抱きあげ、のしのしと家じゅうを歩きまわってくれたものだった。

　父と母とは、離婚をしたのだ。

「離婚というのは、今まで一緒に住んでいた夫婦が、もう一緒に住まなくなることなの。一緒が、終わることなの」

　幸団地に引っ越してくる前に、母はさよにそう説明した。

「いっしょが、終わる」

　さよは、母の言葉をくりかえした。

　いっしょ。その言葉の意味を、さよはちゃんと知っていた。お友だちといっしょに遊ぶ。幼稚園にいっしょに行く。いっしょにカエルをつかまえる。いっしょに泥遊びをする。「いっしょ」というのは、友だちと共に過ごすことだった。友だちとは、お日さまが照っている間に、会う。そして、暗くなれば、それぞれの家に帰る。

　父と母は、違う。

　お日さまが照っていても、暗くなっても、父と母はいつでもさよのすぐ隣にいる。すぐ隣ではなくとも、しばらく走ってゆけばすぐに行けるくらいの近い場所に、二人は必ずいるはずなのだ。そして、さよが迷子になったならすぐさま助けに駆けつけ、いじめられたならやってきて救いだし、嬉しいことがあった時には隣で同じように喜んでくれるはずなのだ。

　いっしょ、というのは、さよにとっては、いつもは別々のところにいる友だちが、少しの間、やってくることだった。そしてやがて、帰ってしまうことだった。

　父と母は、最初から、いる。わざわざやってきたり、帰っていったり、しない。だから、「いっしょ」という言葉は、さよと父と母には、あてはまらないと、さよは思っていたのである。

　ところが、ここにずっとずっといると思っていた父と母も、友だちと同じように、ただの「いっしょ」だったのだと、母は言うのだ。それどころか、その「いっしょ」は、もう終わってしまうとまで、言うのだ。

　さよと母は、二人だけで幸団地に引っ越してきた。三年と少し前のことである。団地の入り口にある桜並木には、うすべに色の花が咲き満ちていた。桜の木は、さよたちの部屋のベランダと、同じ高さだった。

G棟二〇二号室。

それが、さよと母が新しく住むことになる部屋の番号だった。


さよと母は、早起きだ。

テレビのきらいな母だけれど、朝だけはテレビを見る。六時からのニュースを見るためだ。ひととおりを見おわると、母はてきぱきとテレビを消す。それから、さよと二人で散歩に行く。おそろいの白い運動靴をはき、これもおそろいの、白い帽子をかぶり、雨がよほど激しく降っていないかぎり、三十分ほどかけて二人は近所をゆっくり歩く。さよが母にうちあけ話をするのは、この散歩の時だ。

一年生の二学期に、ほんの少しだけおもらしをしてしまったこと。

帰ってきてから、生まれてはじめて自分で洗濯をして、こっそりとほかの洗濯ものにまじらせて干しておいたこと。

洗濯ものを二日くらいは平気で干しっぱなしにする母は、全然気がつかなかったこと。

二年生の三学期に、魚の名前覚え競争で、クラス一番になったこと。

十二種類の魚の名前を、一つのまちがいもなく正確に言えて、みんなから拍手をもらったこと。

クラスの二番は仄田くんで、十一種めの「ペラ」を「ビラ」とまちがえて、惜しくもさよの次にあまんじたこと。

三年の終わりには、牛乳一本の全部が飲めるようになったこと。

みんなみんな、ひんやりとした空気でいっぱいの朝の道を歩きながら、さよが母にうちあけたことである。

母は、さよのうちあけ話を、静かに聞く。さよの失敗をせめることもないし、反対に、自慢なできごとの時にも、ことさらにほめることはない。

ときどきさよは、

「母さんも、うちあけ話、して」

と、頼んでみる。

母は少し考えてから、おとといの昼、会社のお隣の席の人のお弁当のたまご焼きをわけてもらったけれど、甘すぎて少し困ったことや、昨日会社を訪ねてきたお客さんにお茶を出したら、いれぐあいがちょうどいいと言われたことなどを、教えてくれる。

からすが、かあかあと声をたてて鎮守の森の上を飛んでゆく。犬を連れた人たちが、さよと母を早足で追いこしてゆく。水の匂いがする。明神川の匂いである。

しばらく雨が降らないと、朝がたや夕がたに、川は匂う。草と水の匂いのまじったその匂いをかぐと、さよは父と母と三人で住んでいたころのことを、少しだけ思いだす。

三人で住んでいた家のすぐ近くにも、明神川は流れていた。今さよと母が住んでいる幸団地のそばの流れよりも、ずっと太く、深く、ゆったりとしていた。

河口、という言葉を、さよは覚えている。父に連れられて、時おりさよは、明神川の河口を見に行ったのである。

「海が近いから、ゆりかもめがいるぞ」

父は言い、白い鳥の群れを指さした。河口のあたりは、水の匂いよりも、海の匂いが強かった。

幸団地のそばを流れる明神川は、流れが速くて、幅もせまい。前に住んでいたところよりも、ずっと上流なのだ。すぐそこを流れてゆく、せっかちなこの明神川の流れが、父と母とさよの三人で住んでいたあの町の明神川につながっていることを、さよはとても不思議に思う。

父とは、幸団地に越してきてからは、一度も会っていない。

けさ、母が、珍しく朝寝坊をした。

おばの清子が、昨日の晩から泊まりに来ている。ごくまれに、母がどうしても会社に遅くまでいなければならない時に、清子おばはさよの世話をしにきてくれるのである。

「母さん、疲れているから、眠らせてあげましょうね」

清子おばは、さよに向かっては、さよと同じように母のことを「母さん」と呼ぶ。清子おばが直接母としゃべる時には、「怜子ちゃん」だ。

「わたしは清子ちゃんの母親じゃないんだから、さよに向かってだとしても、わたしのことを母さんって呼ぶのは、へんなんじゃない」

いつか母は清子おばに言ったが、清子はとりあわず、笑っていた。

「怜子ちゃん、離婚して、杓子定規になったのかしら。呼びかたなんて、その場その場で変わるものでしょう」

そんなやりとりがあって、清子おばは今も、さよの母についてさよと話す時には、「母さん」と言うのである。

そういえば、まだ幼稚園に通いはじめるよりもっと前のころ、さよはびっくりしたことがあった。母と清子おばが、しきりに「おかあさん」の話をしていたからである。

「おかあさんって、だれのおかあさん」

さよは聞いた。

「誰って、あたしたちのおかあさんよ」

「清子おばちゃんと母さんにも、おかあさんがいるの」

「そうよ」

四年生になった今では、さよももう、大人にも母親や父親がいることを知っている。けれどそのころのさよは、母と清子の「おかあさん」が中野のおばあちゃんであることも知らなかったし、そのうえ母と清子が、最初は「おかあさん」が生んだちいちゃな赤んぼうだったことも、知らなかった。

母さんにも、おかあさんがいるんだ。

それなら、そのおかあさんにも、もしかすると、おかあさんがいるのかな。

そして、そのおかあさんにも、おかあさんがいて。

世界じゅうの「おかあさん」をたどってゆくと、タンポポの根っこが枝わかれしていくように、「昔のおかあさん」たちが、うじゃうじゃつながって出てくるのかな。

なんだか自分の目の前の景色が、ぐらぐら揺れるような気が、さよはその時、したものだった。

眠らせてあげましょう、という清子おばの言葉にはかまわず、さよは寝室のふすまを開けた。

さよのふとんは、すでにさよ自身がたたんで、部屋の隅に重ねてある。起きたてのふとんには体温がこもっているので、すぐに押入れにしまってはいけないのだ。

「母さん」

さよは声をかけた。母は薄目をあけた。

「なあに」

母はぼんやりと返事をした。

「もう七時過ぎよ。起きないと会社に遅れちゃうわよ」

さよは、枕もとの目覚まし時計を、母の目の前にかざした。母はだるそうにひたいに手をやる。

さよは、あっと思った。ふとんの中の母の胸もとから、甘い匂いがたってきたからだ。

香水の、匂いだった。

香水の瓶は、母の鏡台のひきだしの中にいつもしまってある。角ばったガラス瓶の中の茶色い液体が、そんなにもいい匂いのするものだとさよが知ったのは、ずいぶん前のことだ。

それは、父がまだ家にいたころのことだった。

そうだ。母はいつも、「おでかけ」の時には、香水をつけたのだ。

「さあて、年季が明けたから、おでかけしよう」

という父の言葉を、さよは今でもよく覚えている。

「ねんきがあける」

さよが不思議そうに言うと、父は笑った。

「ご奉公を終えることだよ」

ますますさよがわからないでいると、父はへんな節をつけて、歌うように答えるのだ。

「丁稚奉公、不奉公、ついでに質物奉公だぁ〜」

父はいつも、さよをけむに巻いた。そしてさよは、けむに巻かれるのが、面白くてしょうがなかった。

「おでかけ」が決まると、母はしていた掃除や洗濯をすぐさまやめて、したくにかかる。まずエプロンをはずし、かもいに打ってある釘にひっかける。着ていた服をぬぎ、スリップ姿になる。化粧ケープをかけ、髪にブラシをあてる。

お化粧にはさして時間がかからなかったけれど、服を選ぶのはたいへんだった。

「それしか服を持ってないのに、それだけ組み合わせに迷える君には、何か隠された才能があるとしか思えないね」

鏡の前でとっかえひっかえ着がえをする母に向かって、父は愉快そうに笑ったものだった。さんざん迷ったすえ、結局母は、いつもと同じスカートとブラウス、それに若草色のスカーフ、茶色いハンドバッグといういでたちになって、したくを終える。

したくのしまいに、母は必ず香水を使ったのだ。

瓶のふたをきゅっと開き、左手のくすり指の先に、ひとたらし、ふたたらし。胸と耳のうしろとくるぶしに、指先でもってすりこむようにする。

母のその姿は、おまじないをする人のようだと、いつもさよは思っていた。「おでかけ」を楽しくする、おまじないである。

当時、「おでかけ」先は、必ず父が決めた。

一番よく行ったのは、プラネタリウムだった。ななめになった椅子に寝そべるようにして天井を見上げていると、まっくらになる。やがて天にかすかな光がさし、いくつもの星があらわれる。

さよは、双子座の双子星が好きだった。

「そんなに好きなら」

そう言って、父は双子星のカストルとポルックスの絵を描いてくれた。父の描いたカストルは、きかん気の活発そうな男の子で、ポルックスの方は、やさしい顔の男の子だった。

「カストルは、石投げたりする」

描かれたきかん気の顔を見て、さよはおそるおそる父に聞いた。

その少し前、近所の男の子の投げた石に当たって、さよは頭にはげができてしまったのだ。男の子は謝ったけれど、母はひどく怒り、男の子の家にひとこと言いに行くといきまいた。けれど父は、とめた。

「わざとやったんじゃなければ、いい」

わざとやったんじゃなければ、いいんだ。さよは父の言葉にびっくりした。石の当たったところはずきずきして、血が流れた。はげた部分からは、もう髪ははえてこなかった。

「でも髪で隠せるだろう」

父は言って、さよの頭をなでた。するとすぐにさよは、

（わざとやったんじゃないから、いいや）

という気分になるのだった。

「おでかけ」に行くのは、そういえば、たいがい昼間だった。それも、日曜日ではなく、ふつうの日の昼間だ。

思い返してみれば、父は朝も昼も夜も、家にいた。

いったい父は、何をする人だったのだろう。

「あら、さっきは七時だったのに、もう七時十五分すぎ。朝の時間は、速いわ」

母は勢いよくかけぶとんをはねのけた。そして、すっかり目の覚めた様子で、ふと

んの上に座った。

「どうしたの」

じっと見つめているさよに気づいて、母は聞いた。

「香水」

「ああ、香水。そういえば、久しぶりだったかもしれないわね」

なんでもないことのように、母は答えた。

さよは、最後の「おでかけ」の時のことを思い返す。最後の「おでかけ」先は、レストランだった。電車に乗って、父と母とさよはレストランに行ったのだ。いつものように昼間ではなく、あたりはもうすっかり暗くなっていた。前は週に二回か三回しか働きに出ていなかった母が、なぜだかそのころは毎日会社に行くようになっていたからである。

レストランで、三人はカレーを食べた。いつも家で母が作ってくれる甘口のものではなく、辛い大人のカレーだった。つけあわせには、らっきょうと福神漬けのほかに、すっぱいきゅうりがついてきた。

「これはなあ、ピクルスっていうものだぞ。ああすっぱいすっぱい」

父は、わざとしかめっ面をつくって、おどけてみせた。さよは笑ったけれど、母は笑わなかった。

母がみじろぎするたびに、その夜はいやに香水が匂いたった。

帰り道さよは、父と母にはさまれるようにして歩いた。二人の手をにぎり、さよはぴょんぴょん跳ねた。父も母も、無言だった。夜が暗いせいだと、さよは思った。次の「おでかけ」は、昼がいいな。そう思った。

あれ以来、母が香水をつけているところを、さよは見たことがない。でも、ゆうべ、母は久しぶりに香水をつけたのだ。

いったい、どうして。

「父さんは、今どこにいるの」

さよは、聞いた。突然だったけれど、なぜだか、聞きたくなってしまったのだ。

布団の上の母は、くずしていたひざをただし、正座した。

清子おばがおつゆをよそっている。

清子おばのおみおつけは、母のおみおつけよりもおいしいと、さよはひそかに思っている。ある時、さよは清子おばのおみおつけの秘密を発見した。清子のおみおつけには、たくさんお味噌が入っているのだ。

今日の朝ごはんは、こまつなのおひたし、白菜の古漬け、納豆、それにさやえんどうとじゃがいものおみおつけだ。母は、納豆をごはんの上にかけ、ぜんたいをていねいにかきまわした。それから、おみおつけのおわんを持って、口もとでかたむけた。

「ああおいしい。自分で作らない、よそさまの作ってくれたごはんって、どうしてこんなにおいしいのかしら」

母は、ごくほがらかだ。いっぽうの清子は、心配そうに母とさよを見くらべている。さっきさよに父のいどころを聞かれた母は、ふとんの上に正座したまま、

「千葉」

と、ひとこと、答えたのだ。けれど、その後にすぐさよが聞いた、

「千葉の、どのへん」

という問いには、母はまだ答えていなかったからだ。母は今、新聞をばさりと広げ、またたみ、それからおもむろに、白菜の古漬けに手をのばしたところだ。母は二番めの質問に答えるつもりがないのかもしれないと、一瞬さよは思った。でも、思い返してみれば、今までさよが聞いたことに母が答えを返してくれなかったことは、一度もなかった。

いつかさよが、

「カナリア諸島は、カナリアがたくさんいるところなの」

と聞いた時だって、

「どうして日本には大統領がいないの」

と聞いた時だって、

「雷(かみなり)さまは、とったおへそを、どうするの」

と聞いた時だって、いつでも母は真面目(まじめ)に答えてくれた。

「清子ちゃんはお料理が上手ねえ。味が一定しているのが、えらい。わたしはだめなの。うすいか、やたら濃(こ)くしちゃったあげくうすめすぎちゃうか。あのね、さよ、下のほうよ」

ひと息に、母は言った。

最初は、わからなかった。けれど、母がさよの質問に結局は答えてくれたのだということに、さよはすぐに気づいた。

「下」

さよは聞き返した。

「そう、下」

「下って、あの、千葉の中でも南のほうっていうことよね」

清子おばが母の言葉をおぎなってくれた。

「そう。だから、下、でいいんでしょう」

母が口をとがらせて言うので、清子は笑いだした。さよも声をそろえて笑った。しまいには母も一緒(いっしょ)に笑った。

「千葉の南って、遠いの」

　さよは聞いた。

「遠いような、近いような」

　母は、さえずるように、答えた。

　このごろ急に、父のことをたくさん考えるようになったのは、なぜなのだろうと、さよは思う。

　四年生になったからかもしれなかった。四年生は、もう下級生ではない。もちろん、五年生や六年生にはかなわないけれど、一年坊主や二年三年のひよひよした子供たちとは、はっきりと違うもの。それが四年生だ。

　もうそれ以上父のことは口にせず、さよは、

「清子おばちゃん、ごちそうさま」

　と、はきはき言った。

　食べおわったごはんぢゃわんとおわん、お皿とおはしを、さよは台所へ下げた。たらいに水をため、洗剤をちゅっとしぼりだす。食器をざっと水で流してから、たらいの中の洗剤液につける。

　ふきんで手をぬぐいながら、さよは「千葉の南」と、心の中でくりかえした。千葉には、一回だけ行ったことがある。三年生の遠足で、牧場に行ったのだ。馬や

牛や羊が、牧場にはたくさんいた。牛乳が濃くておいしかった。バスに乗っているあいだに、隣の席のあかりちゃんが車酔いになって吐いてしまった。背中をなでると、あかりちゃんはもっとたくさん吐いた。バスからおりると、あかりちゃんはけろりとした。帰りのバスでも、あかりちゃんは吐いた。でも行きの時とくらべると、ちょっぴりだった。

たしかに母の言うとおり、千葉は遠くて近いところだった。

さよたちの学校は、毎年組がえがある。

始業式には、昇降口のところに全学年の組分けの紙がはりだされる。今年、さよはあかりちゃんと違う組になってしまった。

さよの組である三組のところにある名前を見たけれど、さよが仲良くしていた女の子は、ほとんどいなかった。

「仄田くんがいっしょだね」

あかりちゃんがなぐさめた。

仄田くんが同じ組でも、さよは全然うれしくなかった。

そりゃあ、仄田くんとはいつも学校の図書室で会う。さよは本が好きだけれど、もしかすると仄田くんは、さよよりももっと本が好きかもしれない。さよの貸出カードは五枚めで、仄田くんの方はすでに十枚をこえている。

図書室で仄田くんが座る席は、決まっている。隅の、一番めだたない席だ。二時間めと三時間めの間の長い休み時間も、昼休みも、仄田くんはその席にいる。図書館のぬし。司書の西先生は仄田くんのことを、そう呼んでいる。

仄田くんは、三角ベースやドッジボールがへたくそだ。朝礼のラジオ体操の時だって、へんなふうにぐにゃぐにゃして、まるで大きな蛸のようだ。

「本だけ読んで一生暮らしていければいいのになあ」

いつか仄田くんは言っていた。

「それじゃあ、つまらないと思う」

さよは言い返した。

仄田くんは首をゆっくりとかたむけ、肩をすくめた。きみには説明してもわかりっこないよね。そんなふうに仄田くんが考えているように思えて、さよは少し腹がたった。

仄田くんは、色白で、一年じゅう寒そうにしている。夏でもハイソックスをはき、ランドセルには傷ひとつない。

「おばあちゃんがみがいてくれるんだって」

前に、あかりちゃんが教えてくれた。

仄田くんのおばあちゃんは、仄田くんと反対に、とっても暑がりだ。父兄会に来る時には、夏でも冬でも扇子を持ち、ぱたぱたとあおいでいる。扇子は紺色で、大きなふさがついている。

さよの家には父がいないが、仄田くんの家にはお母さんがいない。さよのところと同じように、仄田くんのお父さんとお母さんは離婚したのだという。離婚は同じだけれど、違うのは、出ていったのがお父さんではなくお母さんだったという点だ。それで、仄田くんのところでは、おばあちゃんがお母さんのかわりをしているのだ。

父兄会が始まる前から、仄田くんのおばあちゃんは担任の先生のすぐそばまで行き、なにやかやと聞きはじめる。

「うちの鷹彦はどうですか」

「あの子は風邪をひきやすいので、冬にはストーブのそばの席にして下さいと今までの担任の先生にはお願いしてきたんですが、今年も大丈夫ですか」

「いじめられたりしてませんか」

先生のほうは、できるだけ小さな声でおばあちゃんの質問に答えるのだけれど、おばあちゃんはかまわず大声で質問しつづける。教室にはまだ何人もの生徒が残っているので、質問はみんなにつつ抜けだ。

仄田くんは身をちぢめるようにして、隅のほうにいる。まだ帰らないようにと、おばあちゃんに言われているのだ。ようやく先生への質問を終えると、おばあちゃんは仄田くんのところにやってくる。手さげかばんから上着を取り出して、仄田くんに渡す。

「夕方は冷えるから、これを着て帰りなさい」

仄田くんは、こきざみにうなずく。気をつけて帰るんだよ、というおばあちゃんの大きな声に、またあわててうなずき、上着を小わきにかかえたまま、くるりと背を向けて廊下に出てゆく。

「なんだあれ」

男の子たちはそう言って、いつもくすくす笑う。女の子たちだって、そうだ。

先生は、仄田くんがいじめられていない、と言っていたけれど、ほんとうは違う。仄田くんは、みんなから少しだけ遠巻きにされているのだ。おもてだって仄田くんをいじめる、ということはないけれど、仄田くんには男の子の仲良しが一人もいない。

そのうえ、三年生の時には、塩原くんが仄田くんをなぐった事件もあった。

塩原くんは仄田くんと違って、運動がよくできる。勉強はそれほど得手ではないけれど、鉄棒の飛行機飛びは名人級だし、ドッジボールはいつも最後まで中に残る。ロケット投げが、塩原くんの得意わざだ。

あれは、三年生の、理科の授業の時だった。

「あさがおを育てる時に大事なのは、どんなことでしょう」

という先生の質問に、珍しく塩原くんが勢いよく手をあげたのだ。

「はい、塩原くん」

先生は、すぐに塩原くんをさした。ぱっと立ち上がり、塩原くんは自慢そうに答えた。

「猫がおしっこをひっかけないように、よく見張っていることです」

すぐに笑い声があがった。みんなは、塩原くんが冗談を言っているのだと思ったのだ。けれど、そうではなかった。塩原くんは、ごく真面目に答えたのだ。

「だって、二年生の時、おれのあさがおの鉢に毎日近所のミケがおしっこしてたら、枯れちゃったんだぜ」

塩原くんは、ほっぺたをふくらませて言いはった。

「それも大事なことですね」

先生が塩原くんに味方するように言ったので、笑いはすぐに静まった。

「そのほかには、何かありますか」

先生がつづけて聞くと、今度は仄田くんが手をあげた。そして、水と光があさがおを育てるのにはとっても大事なのだと、すらすら答えた。

それで終わってしまえば、何ということはなかったのだ。ところが、それからがいけなかった。仄田くんは、答えたあと、座りぎわに「猫だって」と小さな声でつぶやき、ぷっとふきだしたのだ。

最初に笑われた時には怒らなかった塩原くんが、これで怒ってしまった。休み時間になってから、塩原くんは仄田くんのところにつかつかと寄っていった。

「どうして笑ったんだよ」

塩原くんは、こわい声で聞いた。そばで聞いていたさよは、胸がどきどきした。

「べつに」

仄田くんは小さな声で答えた。

「あやまれよ」

「ごめん」

さらに小さな声で、仄田くんはあやまった。

塩原くんが仄田くんをなぐったのは、この時ではない。この話にはつづきがあるのだ。

仄田くんは、先生に塩原くんのことを言いつけたのだ。

終礼の時に、先生は塩原くんと仄田くんを前に立たせた。それから、仄田くんが言いつけたいきさつをみんなに説明し、

「どっちも悪い。どっちも悪くない。水に流せ」

と言った。

クラス全員の前でそんなふうに並べられて、塩原くんはむっつりしていた。灰田くんは寒そうにしていた。どうして先生は、こんなふうに事を大げさにするのだろうと、さよは思った。

塩原くんが灰田くんをなぐったのは、その日の放課後だ。図書室に灰田くんが行こうとしているところを待ちぶせして、ほっぺたのあたりを、げんこでなぐったのだ。

「言いつけるなんて、ひきょうだぞ」

そう言って、塩原くんは走り去った。ちょうどさよは図書室に行くところだったので、見てしまったのだ。

灰田くんは廊下にうずくまっていた。

「だいじょうぶ」

さよが聞いても、灰田くんは何も答えなかった。

翌日灰田くんは、大きなばんそうこうをほっぺたに貼って登校してきた。

「うちの犬に飛びつかれたんだ」

灰田くんは説明した。

塩原くんは、教室の向こうのほうでメンコをしていた。チャイムが鳴って、先生が入ってきた。きりーつ、れい、ちゃくせき。日直が号令をかけて、いつもの一日が始まった。

さて、今は、四年生になってから半月が過ぎたところだ。

あかりちゃんには、すでに新しい組で友だちができたようだったが、さよにはまだ休み時間に遊ぶ友だちがいない。だから、お昼休みや放課後に、さよは今までよりもしばしば図書室に行くようになった。

「鳴海さんは、同じ本をくりかえし読むのね」

司書の西先生に、さよはついこの前言われた。たしかにさよは、好きになった本を何回も読み返す。

仄田くんは、さよとは違うようだった。

「まだ読んでいない新しい本を、どんどん入れてほしいなあ」

以前仄田くんは、西先生に頼んでいた。

「そんなに全部、読みきれるの」

西先生は笑っていた。

学校の図書室も好きだけれど、このごろさよは、家から歩いて二十分ほどのところにある区立の図書館にも、ときどき行くようになったのだ。

幸い団地を、学校とは反対のほうに抜けて、明神川の土手をめぐってしばらく歩くと、小さな踏切がある。

「踏切より向こうには、一人では行かないようにね」

去年まで、さよは母に言われていた。

今年になってから、さよはもう少し遠くまで行っていいとの許しを得た。図書館まで行くことができるようになったのは、そのためだ。図書館だけではない。さよは、踏切より向こうの世界を、少しずつ探検しているところだ。

まず行ってみたのは、踏切を渡ってすぐの駄菓子屋さんだった。同じ幸団地に住んでいるあかりちゃんや塩原くんは、以前からしょっちゅうこの駄菓子屋さんで買いものをしている。あかりちゃんは麩菓子が大好きで、塩原くんはもっぱら銀玉鉄砲の玉を買っているらしい。

さよが気に入ったのは、ラムネ玉だった。たった五円しかしないのに、袋の中にはぎっしりとラムネ玉が入っている。袋のおもてにはリスの絵が印刷されていて、リスはあまりかわいくない。そのかわいくなさも、さよは好きだった。

駄菓子屋さんの次にさよが探検したのは、八幡神社である。

いつもさよは母と一緒に、八幡神社の秋祭に行く。お祭の時の八幡神社には、夜店がずらりと並んでいる。イカを焼く匂いや、テキヤの呼びこみの声や、あんずあめをなめながら歩く子供たちのはしゃぎ声が、あたりいっぱいに満ちている。参道の一番にぎわっているあたりには、金魚すくいと水ヨーヨーと輪投げの屋台が、軒をつらねている。

そういえば、幸団地に引っ越してきたばかりの年の秋祭の時、さよはめずらしく、人まえで大泣きしたのだ。

金魚すくいが原因だった。

当時一年生だったさよは、その時生まれてはじめて金魚すくいをしたのだ。前に住んでいたところでは、こんな大きなお祭はなかった。

「あそび」と「ほんき」と、どっち。金魚すくいの屋台のおじさんが聞いた。

「本気」

母は答えた。

針金に白い紙をはった金魚すくいではなく、もなかの皮をつけた金魚すくいを、おじさんは母とさよに渡した。さよは、もなかを水に沈ませ、てあたりしだいに金魚を追った。赤い金魚が、一瞬もなかの上に乗っかった。さよはいそいで水の上に引き上げようとした。

もなかは崩れた。金魚は、すいと身をひるがえして水の中に去った。

「とけちゃった」

さよは言い、母を見上げた。

「じゃあ今度は、わたしにまかせて」

母は、腕まくりをした。まだ水にひたしていなかったもなか製の金魚すくいを、母はきゅっとにぎりなおし、水槽の中をにらんだ。

小さなでめきん。小さな金魚。中くらいの金魚。中くらいのでめきん。そして、たっぷりと太ったひれの大きな金魚。母がつかまえたのは、この五匹だった。

「すごいね、こちらの奥さん、名人だ」

屋台のおじさんがほめてくれた。さよは母のことが得意でしかたなかった。

「二匹持ってかえっていいよ」

おじさんは言った。小さなでめきんと、小さな金魚にしようと、さよは内心で決めた。

ところがその時、母は言ったのである。

「金魚は、きらい。死んじゃうから」

さよは、びっくりした。

いくら頼んでも、母は金魚を持ってかえることを許してくれなかった。悲しくて、さよは泣いた。金魚すくいの屋台の前で、さよはいつまでも泣いていた。泣けば母が気持ちを変えてくれるのではないかという期待もあった。

でも、だめだった。

あれからさよは、金魚すくいをする時はいつも、紙を張った「あそび」の杓子を選ぶようになった。もなかよりも紙はずっと丈夫で、さよは今ではもう少なくとも二匹は金魚をすくうことができる。

団地では、犬や猫を飼ってはいけないことになっている。そのかわりなのだろうか、魚や鳥を飼っている家は多い。あかりちゃんのところも、去年から十姉妹のつがいを飼いはじめた。

でも、さよのところは何も飼っていない。

大きくなったら、犬を三匹と猫を十四、金魚は水槽にいっぱい、あとは亀とトカゲと毒グモを飼うのだと、さよはひそかに、そして不敵に、決意している。

お祭の時はあんなににぎわっているのに、ふだんの八幡神社には、人っこひとりいない。きれいに掃き清められた参道を、鳩が歩いている。ひっそりとした境内に、ときおり鳩がはばたき発つ音だけが響く。

本殿の前にあるさいせん箱に、さよは一円玉を投げいれてみた。ぽとり、という軽い音がした。

次にさよは、さいせん箱の上にある紅白の太いひもを揺らしてみた。ひもの根元につってある大きな鈴は、うまく鳴らなかった。

もう一度、ためしてみた。今度は、最初よりも大きな音がした。ぱんぱんと柏手をうって、さよは願いごとを心の中でとなえた。

(母さんがいつまでも、あたしといっしょにいてくれますように)

神社では、こうして柏手をうって心の中で願いごとをするのだということを、さよは父から教わった。父は、神社が好きだった。歩いている時に神社を見かけると、必ず入っていって、大きなてのひらでもってぱんぱんと柏手をうった。母やさよの柏手よりも、父の柏手はずっとよく響いた。

「なに、お願いしたの」

さよが聞くと、父はいつもこう答えた。

「家内安全（かないあんぜん）、出発進行」

家内安全。

その言葉は、知っていた。家族が元気で安らかでいられますように。そういう意味だ。

出発進行。これが、わからない。

父は、ふざけていただけなのかもしれない。でももしかすると、そうではなかったのかもしれないと、さよはこのごろになって思うのだ。

父はいったい、どこに出発進行したかったのだろう。

それは父と母の離婚（りこん）と、関係があるのだろうか。

それとも、ぜんぜん関係ないのだろうか。

八幡神社の次にさよが探検したのは、欅野高校だ。

さよは、高校生のおねえさんやおにいさんを眺めるのが、好きなのだ。

高校生は、みんな制服を着ている。同じ制服なのに、着ている人によってずいぶん違うふうに見えることが、さよにはたいそう面白く感じられた。

いやに長いスカートをはき、ぺたんこの学生かばんを持っているおねえさんたち。スカートの長さはひざくらい、長いスカートのおねえさんたちよりも声が高くて、学生かばんにたくさんのステッカーを貼っているおねえさんたち。ソックスがずり落ちないようにするための糊があるということも、さよは高校生のおねえさんを観察することによって知った。虫さされの薬のいれものによく似た白いプラスチックのいれものに入っている糊を、おねえさんたちはふくらはぎに塗りつけ、ソックスの位置をぴたりと決めるのだ。

おにいさんたちにも、いろいろな種類がある。

学生かばんのほかに、重そうな大きなバッグを持ち、いつもお腹をすかせた顔をしている、大柄なおにいさんたち。仄田くんによく似た雰囲気のおにいさんたちもいる。このおにいさんたちは、めがねをかけていることが多く、たいがいは連れだたずに一人で歩いている。おねえさんと手をつないで歩いているおにいさんもいる。なぜかそういうおにいさんのかばんには、横にいるおねえさんのかばんにぶらさげてあるのとおそろいのマスコットがさげられている。

ある時さよは、高校生なのに制服を着ていないおにいさんを発見した。学生かばんは持たず、かわりに小さなナップザックをしょっていた。ジーパンに黒いとっくりのセーターを着ていた。

さよはそのおにいさんに、「制服じゃないおにいさん」という名を、こっそりつけた。

よくよく見てみると、制服の人たちのあいだには、たまに制服を着ていないおにいさんやおねえさんが交じっていた。そして、その人たちが欅野高校に姿をあらわすのは、なぜか決まって、午後四時近くなのだった。

五月になった。

さよはあいかわらず、欅野高校の観察を続けていた。

観察していることをおにいさんやおねえさんたちに気づかれてはいけないので、校門わきの金網(かなあみ)にかじりつきながらも、さよは好奇心(こうきしん)を隠(かく)した何くわぬ顔をたもつよう、気をつけていた。

ある日、さよはうしろから声をかけられた。

「いつもいるね」

さよは、ふりむいた。そこには、ジーパンに黒いとっくりのセーターを着た、あの「制服じゃないおにいさん」が立っていた。

さよは、あんまり驚かなかった。もしかしたら、こうして探検をつづけていれば、いつかおにいさんやおねえさんのうちの誰かと知り合う機会があるのではないかと、内心で期待していたからである。

さよが図書室で読む本には、そういう思いがけない機会にめぐまれる子供たちのことが、たくさん書いてある。洋服だんすを抜けていった先の国で、もの言う偉大なライオンと知り合った子供。ひょんなことから、動物の言葉を話せるドクターと知り合った子供。空をとぶことをおぼえ、海賊と戦うことになった子供。

そういった子供たちは、とても機転がきく質であるときまっている。せっかくの思いがけない機会をのがしたり、いらないことを言って機会を遠ざけたりすることは、決してない。

だからさよは、おにいさんが話しかけてきても、びくびくしたりせず、まっすぐに「制服じゃないおにいさん」の目を見つめて、元気よくこう答えたのだ。

「はい」

おにいさんは、愉快そうにさよを眺めた。

今度はさよは、反対に用心した。

思いがけない機会にめぐまれるお話の中の子供たちは、機転がきくだけでなく、同時にたいそう注意深くもあるのだ。思いがけない機会には、必ず危険がともなう。戦いにまきこまれたり。いい人だと思っていた相手が、実は罠をはっていたり。悪い魔法にかかってしまったり。

「見てると、面白いの」

「制服じゃないおにいさん」は聞いた。

「はい、面白いです」

さよは慎重に答えた。「制服じゃないおにいさん」は、あいかわらず愉快そうにさよを眺めている。

ピー、という笛の音が、校庭のほうから聞こえてきた。「おう、おう、おう」という、いさましいかけ声が、それにつづいた。

五月の風が、さよと「制服じゃないおにいさん」の間を、吹きぬけていった。

翌朝は、よく晴れていた。

少し迷ったけれど、散歩の時にさよは、昨日のことを母にうちあけることにした。

「そのおにいさんは、たしかに制服を着ていなかったのね」

さよの話を聞きおえてから、母は確かめるように言った。

「うん」

「じゃあ、たぶんおにいさんは、定時制の学生ね」

「ていじせい」

さよが初めて聞く言葉だった。

「あのね、お昼に学校に行くことのできない人たちが、そのかわりに夕方から授業を受けるのよ」

母はさよに教えた。

欅野高校の、制服を着た高校生たちは、さよと同じように朝学校に行き、午前中の授業を受け、お弁当を食べ、午後も授業を受け、そして家に帰ること。

それに対して、制服を着ていない高校生たちは、昼間の授業を受けない生徒たちなのであって、ではいつ授業を受けるかというと、それは夕方からであること。

定時制の高校生たちは、会社に勤めていたり、家業の手伝いで忙しかったり、仕事はしていないけれど昼間の学校が性に合わなかったりなどの、さまざまな事情をかかえていること。

「じゃあ、あの『制服じゃないおにいさん』は、会社に勤めているの」

「それは、わからないわね」

さよは、夜の学校のことを想像してみる。

夜の学校でも、ドッジボールやバレーボールをするのだろうか。夜の理科室は、怖くないのだろうか。夜の学校の人たちは、どんな給食を食べているのだろうか。

「定時制って、いいところよ。わたしは大好きだったわ」

母は言った。

「いいところなんだ」

さよはつぶやく。どうやら母は「ていじせい」にくわしいようだ。

「あのね、ほんの少しだったけれど、わたしも定時制の高校に通ったことがあるのよ」

「えっ、母さんは『ていじせい』の学校の人だったの」

さよは驚いて問い返した。

「そうよ。言ってなかったかしら」

母はすました顔で答えた。

けさは明神川の流れの音がよく聞こえる。昨晩、雨が降ったので、水かさが増えているのだろう。さよと母が今歩いているのは、宵の森の道だ。宵の森、と、さよたちは簡単に呼んでいるけれど、本式には「欅野区立宵の森公園」である。

宵の森は、さよと母が幸団地に越してきてからつくられた森だ。その前は、ここは、ただの原っぱだった。

その日の午後、さよはまた欅野高校を訪ねた。

「やあ」

「ていじせい」の「制服じゃないおにいさん」が、待っていたように、さよを迎えてくれた。

さよも、おずおずと手をあげた。そして、

「やあ」

と、答えた。

すると、おにいさんは、ひゅうとくちぶえを吹くではないか。

さよは、びっくりした。おにいさんのくちぶえは、今まで聞いたどんなくちぶえよりもきれいに澄んでいたからである。

しばらく、おにいさんはくちぶえを吹きつづけた。一羽の小鳥が気ままにさえずっているような、しらべだった。

やがて、向こうのほうから、違う高さのくちぶえが聞こえてきた。もう一つのくちぶえの主は、おねえさんだった。このおねえさんも、制服を着ていない。

おねえさんが近づいてくるにしたがって、くちぶえのしらべは高まっていった。さよのすぐ隣におねえさんが来るころには、しらべは最高潮に達した。

そして突然、くちぶえは止んだ。

さよは、思いきり拍手をした。何か言いたかったけれど、うまく言えなかった。それでさよは、長い間、ただ拍手をしていた。

「ありがとう」

おねえさんが言った。おねえさんの嬉しそうな顔から、自分の気持ちがちゃんと伝わったことを、さよは知った。

「しゃべるのは、はじめてね」

おねえさんはにっこりした。

「はじめてです」

美しかったくちぶえの余韻にぽうっとしながらも、さよは身をひきしめた。あんな魔法のように美しいくちぶえの後には、何が起きるか、わかったものではない。

「今年になってから、何回もあなたの姿を見たわ」

おねえさんが言った。さよは胸がどきどきした。自分がじっと観察していた高校生が、反対にさよを観察しかえしていたとは、思ってもみなかった。

「水曜日と金曜日に来ることが多いのね」

そう言って、おねえさんはさらにさよをどきどきさせた。

なるほど、水曜日は学校の授業が五時間目までだし、金曜日は習字教室に通っている子供たちが多くて、団地の公園に行ってみても遊ぶ相手がほとんどいないのだ。自然、さよが一人で踏切のこちら側まで足をのばして、欅野高校の探検をおこなう機会も多くなろうというものだ。

「あたしたち、あなたのことを、かなあみちゃんって呼んでいるのよ」

おねえさんは、おにいさんに目くばせをしながら言った。

名前をこっそりつけていたのは、さよだけではなかったのだ。いつの間にかおにいさんとおねえさんも、さよに名前をつけていたのだ。

「だってほら、いつも金網に鼻をおしつけて、熱心に見入っているから」

さよは何と答えていいのかわからずに、黙っていた。

「びっくりしてるよ」

おにいさんが、さよをかばうように言った。

「びっくりした」

おねえさんは、さよの顔をのぞきこんだ。

「びっくりしました」

さよは正直に答えた。

すると、その時チャイムが鳴った。

「あ、授業が始まっちゃう」

おにいさんが言い、ナップザックをしょいなおした。二人はさよに背を向け、昇降口へと走りだした。走ってゆく二人に向かって、さよは手を振った。二人は振り向かなかった。

かなあみちゃん。

さよは、自分につけられた新しい名前を、小さな声で言ってみた。

けさは、少しむし暑い。まだ五月はじめなのに、小さなウンカが群れ飛んでいる。

さよは、まといついてくるウンカをはらい、並んで歩いている母に聞いてみた。

「母さんは、会社に勤めながら『ていじせい』に通っていたの」

「ううん」

「じゃあ、『かぎょう』が忙しかったの」

「うちには家業は、なかった」

「それじゃあ、どうして」

「昼間の学校が性にあわなかったの」

母は、ほがらかに答えた。

ちょうどさよと母は、桜並木の下にさしかかったところだ。花が咲きおわって、今はうす緑のきらきらする葉っぱがいっせいに芽吹いている。中に二本、さくらんぼをつける木があり、さよは一度でいいから八百屋さんのさくらんぼではなく、この木になったさくらんぼを食べてみたいと思っているのだが、毎年実が熟する前に、鳥が来てつついてしまう。

「どうして性にあわなかったの」

「みんなおんなじでなけりゃだめみたいだったの、わたしの行っていた昼間の高校は」

みんなおんなじでなけりゃだめ。

さよは母の言葉を心の中でくりかえしてみる。

その言葉の意味が、さよはなんとなくわかるような気がした。

たとえば、仄田くんのことだ。

仄田くんは、べつにさよの友だちではない。だから味方する義理もないのだけれど、さよはときどき仄田くんに教えてあげたくなる。仄田くんがみんなから遠巻きにされるのは、決して仄田くんがいやな子だからではないから、心配しないように、と。

仄田くんに友だちがいないのは、仄田くんがみんなと違っているからだ。仄田くんは、休み時間や昼休みに、校庭に出て遊ばない。男の子たちが黒板に先生のあだ名やあいあいがさのいたずら書きをして騒ぎまわるような時にも、仄田くんはかたくなに参加しない。スカートめくりも、絶対にしない。男の子よりも女の子としゃべっている時のほうが、楽しそうだ。

もしかすると男の子たちは、仄田くんの考えていることがさっぱりわからないのではないだろうか。

「高校って、おんなじじゃないと、だめなの」

さよは母に聞いてみた。

「小学校は、どうなの」

母は反対に聞き返した。

さよは、しばらくの間、じっと考えた。

仄田くんだけではない。実は自分も、もしかするとみんなと少し違っているのではないかと、さよは疑っているのだ。もちろん、あかりちゃんをはじめ、何人かの女の子の友だちはいる。でもさよには、友だちとはわかちあうことのできない話題があるのだ。

それは、本についての話である。

あれは、一年生の遠足の時だった。

行き先である動物園には、たくさんの動物がいた。みんなはゾウやキリンやサル山の檻にむらがっていたけれど、さよはキツネの檻の前にゆき、一人でしゃがんだのである。

「あなたは、すっぱいぶどうのキツネと、知りあい」

さよは、小さな声で聞いてみた。

ちょうどその少し前に、さよは『イソップ物語』を読んだばかりだった。『イソップ物語』には、口をきくキツネがたくさん出てくる。だから、このキツネも、もしかすると口をきくキツネなのではないかと、さよは思ったのである。

キツネは、何も言わなかった。

「あっ、知らないんだったら、ごめんなさい」

さよは謝った。キツネはやはり無言だったけれど、さよが謝ったあとは、前よりもきげんがよくなったように思われた。

さよはしばらく、キツネとおしゃべりをつづけた。むろんキツネは、答えを人間の言葉で返してくれたりはしなかったけれど、それは当然のことなのだ。もし人間の言葉をぺらぺらしゃべっているところを見つかったら、見せものになったり、解剖されたりしてしまう。

その時である。突然さよの背中を、誰かがどしんと叩いた。

あかりちゃんだった。

「キツネなんかに話しかけて、へんなさよちゃん」

あかりちゃんは、笑った。

あのね、と、さよは言いかけた。

このキツネ、しゃべるキツネみたいなの。

けれど、開きかけた口を、さよはそのまま注意深くつぐんでしまった。

きっと、わかってもらえない。さよは、そう思ったのだ。

あかりちゃんのことは、大好きだった。一緒に遊ぶのも、楽しかった。でも、いつだったか、アンデルセン童話の中の鉛の兵隊の話をしようとしたら、あかりちゃんは急につまらなさそうな顔になって、

「へんな話。あたし、よくわからない」

と言ったのだ。

本の中の、しゃべる動物や空飛ぶじゅうたんのことは、友だちに言ってはいけない。言ってしまったなら、きっと友だちはさよのことを、「へんな子」と思いはじめる。

そのことを、さよはキツネの檻の前で、あらためて肝に銘じたのである。

考えたすえ、さよは母の問いに、こう答えた。

「小学校は、そんなにおんなじじゃなくても、いいんだと思う」

たしかに、本のことはわかってもらえない。

でも、注意深くふるまえば、友だちはちゃんとできる。

友だちは大切だ。一緒にゴム段をしたり、自由ノートに絵を描いたり、お昼休みにおしゃべりをしたり。

みんなとおんなじじゃない自分が、いる。

けれど、みんなとおんなじ自分も、いる。

仄田くんのようには、なりたくなかった。そして、みんなとおんなじことをするのは、決していやなことではなかった。

(でも、母さんはいやだったんだな)

さよは、母と手をつないだ。

「ていじせい」に行った母。きっと母は、バナナやテレビをきらうのと同じように、「みんなとおんなじ」をきらったのだ。

自分には、そういうきっぱりとした態度はとてもとれないと、さよは思った。

(母さんとあたしは、あんまり似てないのかな)

さよは少し悲しくなった。母のようになれない自分が、弱虫であるような気がした。つないだ手に、さよは力をこめた。母はやさしくさよに笑いかけ、手をにぎり返した。桜の葉がさらさらと鳴った。日の光が、今朝は強い。

今日の授業が終わったら、まっすぐに図書館に行こうと、さよは思った。

家にランドセルを置きに寄らずに、直接、行こう。そして、たくさん本を読むのだ。

欅野区立第一図書館。

それが、図書館の正式な名前だ。

なにしろ母が図書館ぎらいなので、踏切を一人で越えていってもいいという許しを得るまで、さよはこの図書館に来たことがなかった。

図書館は、三階だてだ。さよが読む本は、一階にある。学校の図書室よりもずっと本の数が多いので、さよは図書館に来るたびに、わくわくする。でも、さよは図書館の本を借りない。図書館に来ていることは、母にはないしょだからである。

読む本を持って、さよは二階に上がる。そこには学習室があるのだ。中学生や高校生のおにいさんおねえさんが、学習室にはたくさんいる。みんな教科書とノートを広げ、鉛筆を走らせている。あいた席をみつけると、さよはそっと椅子を引く。ランドセルをおろし、椅子の下に置く。学習室の中は、とても静かだ。誰かの咳ばらいが時おり響くだけで、本のページをめくる音さえ聞こえそうだ。

今読んでいる本を、もうじきさよは読みおえる。お話がおしまいになるのは残念だけれど、次に読む本を、すでにさよは決めている。

さよはその本を、一階のいちばん奥の棚で見つけた。不思議な棚だった。図書館の棚は、天井の蛍光灯によってこうこうと照らされているはずなのに、なぜだかその棚のあたりだけはうす暗いのだ。

棚に置いてあるのは、さよが見かけたことのない題の本ばかりだった。その中の、ことに古びた一冊に、さよはこわごわ手をのばした。

手をのばしたその瞬間、体の中をびりびりしたものが走り抜けたような気がした。

さよは手を引っこめた。

もしかすると、この棚の本を手に取ってはいけないのではないかと、さよは不安になった。けれど、そこであきらめてしまうのは、くやしかった。

もう一度、さよは手をのばした。

びりびりをこらえて、さよは本を引き出した。少しだけほこりが立った。長い間、誰も手に取っていなかったのだろう。

表紙の色は、深いあおみどり色だった。

本をめくると、扉に女の子と男の子の絵が描かれていた。女の子はさよと同じくらいの髪の長さで、男の子は半ズボンをはいていた。

『七夜物語』

それが、本の題名だった。

第二章

最初の夜

この物語が、
いつの時代のものなのか、
どこの言葉で語られたものなのか、
誰も知りません。
けれどいつからか、
この物語ははじまり、
つづいてゆき、
そしてしまいに、
この本に書きとめられたのです。

今夜もさよは、『七夜物語』の冒頭にあるこの文章を、ふとんの中で思い出してみているところだ。
『七夜物語』は、たいそうわくわくするお話だ。たぶん……この物語は、表紙に描かれている男の子と女の子が、ひょんなことから見知らぬ世界にまぎれこみ、冒険をする物語である……はずだ。

それにしても、「たぶん」「はずだ」とは、いったいどういうことなのだろう。

実は、『七夜物語』を読んでいると、不思議なことが起こるのだ。

物語を読んでいる最中には、本の中のあの場面もこの場面も、さよの目の前にあざやかにあらわれる。それなのに、いったん本を閉じて棚にもどし、図書館を出たが最後、その日に読んだ『七夜物語』のなかみを、さよはまったく思いだすことができなくなってしまうのである。

最初さよは、突然自分のものおぼえが悪くなってしまったのではないかと、不安になった。それで、ためしに違う本を読んでみて確かめてみた。

けれど違う本では、『七夜物語』のようなことは、一度も起こらなかった。どんな種類の本だったとしても、さよは新しく読むその本のなかみを、ちゃんと覚えていることができる。どうして『七夜物語』だけは、読んだはしから忘れていってしまうのだろう。

さらに不思議なことには、いったん本を閉じて棚にもどすと本のなかみの記憶はなくなってしまうけれど、ふたたび図書館にやってきて棚から本を引き出したとたんに、さよの記憶はよみがえるのだ。前にどのページまで読んだのだったか、物語はどこまで進んだのか、すぐさま思いだすことができるのである。

さよは、怖くなった。それで、一時は『七夜物語』を読むのをやめてしまおうかとも思った。けれど、それはなんだかくやしかった。それなら、母に相談してみようか。でも、母に相談するには、秘密にしている図書館通いのことをうちあけなければならない。

不思議なことは、まだあった。『七夜物語』の、ほとんどすべてのことをさよは忘れてしまうのだけれど、ただ一つの例外があるのだ。それが、本の冒頭にある文章なのである。

だからさよはこのごろ、寝いる前には必ず、その文章を思い返してみるのだ。寄せては返す波のように、さよの頭の中で『七夜物語』の冒頭の文章は、くりかえされる。暗い部屋のひとところだけに灯がともっているように、その文章は謎にみちた『七夜物語』の輪郭をうすぼんやりと照らしだしている。そして、あたかもカンテラを持った水先案内が、さよの先に立ってみちびいてゆくかのように、さよを『七夜物語』の中にみちびいてゆく。

さよは少しずつ少しずつ、『七夜物語』を読み進めていった。

もちろんさよは、図書館だけで時を過ごしているのではなかった。欅野高校の探検も、ちゃくちゃくと進んでいた。

いや、もう今では、さよは「探検」をする必要はなくなっているのだ。なぜなら、さよは欅野高校のクラブに入部したからである。

「ていじせい」の二人にくちぶえを聞かせてもらった次の次の日に、さよはまた欅野高校に出かけていった。

いつものように金網に鼻をおしつけて校庭を見ていると、じきに「制服じゃないおにいさん」がやってきた。

「やあ、また会ったね」

おにいさんは、親しげに声をかけた。

「こんにちは」

さよは、しかつめらしく答えた。

「あら、かなあみちゃん」

すぐにおねえさんもやってきた。

「あたし、さよです。鳴海さよ」

さよは自分の本当の名前をなのった。かなあみちゃん、という名はいやではなかったけれど、四年生の自分には少しばかり子供っぽいような気がしたのだ。

おねえさんが、ひと吹き、くちぶえを響かせた。

そうなのね。かなあみちゃんには、ちゃんとした名前があったのね。くちぶえの響きは、おねえさんのそんな気持ちをあらわしているように感じられて、さよはほっとした。

「あたしは麦子。藤原麦子」

おねえさんも、名前を教えてくれた。

「僕は南生。小田切南生」

おにいさんもなのった。

「あたしたちはね、くちぶえ部の部員なの」

くちぶえ部という耳慣れない名前に、さよはめんくらう。

小学校のクラブならば、さよも入っている。四年生になると、全員がどこかのクラブに属する決まりになっているのだ。あかりちゃんはバレー部に、仄田くんは図書部に、そしてさよは料理部に属している。

もともとさよは、料理ができるのだ。一人で留守番をしている時には火を使わないと、さよは母と約束している。でも、お米をといだり、りんごの皮をむいたり、アイスキャンディーをつくったりするのは大丈夫だ。母がいる時には、餃子の皮を包む手伝いもするし、野菜スープのあくすくいもする。お好み焼きをくるりとひっくり返すことだって、さよはできるのだ。

「くちぶえ部は、全部で何人いるんですか」

さよは聞いた。料理部は、三十人の大所帯だ。だから、下っぱの四年生は、クッキーの粉をはかるために使うデパートの包み紙をぴんとたたんだり、料理をのせるための大皿を運んだりすることしかさせてもらえない。

「二人きりよ」

「いいな」

満たされない料理部での活動を、さよは思い返す。

「じゃあさよちゃんも、くちぶえ部に入ればいいじゃない」

さよは、口をぽかんとあけた。いったいぜんたい、どこの世界に、高校のクラブに入部する小学生がいるというのだ。

「いいのよ、定時制のクラブはとっても自由なの。もちろんさよちゃんは欅野高校の生徒じゃないから、くちぶえ甲子園のような正式な大会には出られないけれど、練習は一緒にできるわ」

くちぶえ甲子園という言葉に、さよはまた目をみはった。

甲子園ならば、さよは知っている。たくさんのおにいさんたちが、朝から晩まで野球の試合をおこない、負けたおにいさんたちは泣きながら砂を掘るのだ。テレビぎらいの母だが、甲子園大会は大好きで、家にいる時は必ずテレビ中継をつけ、試合が始まるサイレンが鳴りはじめると、「よしっ、どっちもがんばれどっちも負けるな」と、叫ぶ。

「くちぶえにも、甲子園大会があるの」

「そんなの、ないよ」

笑いながら南生が言った。

どうやら麦子は、さよの父と同じく、少しばかり人をけむにまく質らしいのであった。

さよが部員になることが決まったので、それからは週に一回、定時制の授業が始まる三十分前に、三人で集まり、新入部員であるさよの特訓をすることになった。

「ほんとうは、くちぶえ部の部活動は、『いつでも思いついた時』なんだけれど」

授業の始まる五分前にもおこなうし、すべての授業が終わった夜の九時過ぎに駅まで歩く麦子を南生が送りがてらおこなうこともあるし、たまには日曜日の公園で麦子のつくってきたお弁当を食べながら活動することもあるのだと、麦子は説明した。

「日曜日の部活動は、一種のデートであるともいえるわね」

「デートって、なんですか」

「恋人どうしが二人きりで会うことよ」

「二人は恋人どうしなんですか」

さよは聞いてみた。

「僕たち、つきあっているんだっけ」

というのが南生の答えで、

「乞われれば、つきあってあげるのにやぶさかではないわ」

というのが、麦子の答えだった。

最初は、自分が麦子や南生のようにくちぶえを吹けるようになるとは、さよにはとうてい思えなかった。けれど南生と麦子の教えかたは、たいそう上手だった。じきにさよは、同じ四年生の男の子たちと同じくらい巧みに音を出すことができるようになった。

「そうしたら次は、曲を吹いてみましょうね」

麦子がさよに吹くように求めたのは、「とおきやまにひはおちて」だった。

さよは、はりきった。

くちぶえ部の三人で練習する時だけでなく、さよは一人でいる時にも練習をつづけた。

「何してるの」

仄田くんにそう声をかけられたのは、さよが団地の給水塔の下でくちぶえを吹いている時だった。

「何って」

さよはつっけんどんに言い返す。こっそりおこなっていたくちぶえの練習を見られたので、思わず身がまえてしまったのだ。そのうえ、仄田くんのくちぶりは、どことなくさよをばかにしているように感じられた。

「くちぶえ、上手だね」

さよの口調に気圧されたのだろうか、仄田くんは急におずおずした調子になった。

「上手なんかじゃないもん」

さよはそっけなく答えた。

「でも、ちゃんと音になってる」

仄田くんはさよの隣にやってきて、給水塔の塀に寄りかかった。それから、くちびるをとがらせ、音を出そうとこころみた。けれど仄田くんの口からは、空気の混じったすかすかした音が出てくるばかりだ。

「ほら、ぼくへたっぴなんだ」

仄田くんは悲しそうに言った。

「あたしのことを、ばかみたいって思ったんじゃないんだ」

意外に思いながら、さよは聞いた。

「ちがうよ、ぜんぜんちがうよ」

「だって、そういうふうに聞こえた」

「いつもそう言われるんだ」

壁に背をもたせかけたまま、仄田くんは神経質そうにかかとを壁に打ちつけはじめた。何か言わなければと、さよはあせる。でも、何も思いつかなかった。そのまま視線をおとすと、仄田くんのハイソックスが目に入った。そういえば『七夜物語』の扉絵の男の子も、ハイソックスをはいていたのではなかったっけ。

やがて仄田くんは、少し気をとりなおしたように聞いた。

「どうしてそんなに上手に吹けるの」

ほんとうは、麦子と南生のことを誰かに教えるつもりは、さよにはなかった。けれど、仄田くんのすがるようなくちぶりを聞いて、さよは思わず答えてしまったのだ。

「欅野高校の高校生に教えてもらったの」

「いいなあ」

心からうらやましそうに、仄田くんは言った。

欅野高校の校庭は、いつもとまったく違っていた。しんと静まりかえり、人の姿というものがない。いつもは大きく開かれている門も、ぴったりと閉ざされている。

「誰もいないじゃない」

せっかく素直になったと思ったら、またあの、人をこばかにしたようなくちぶりである。ほんとうは人をばかにしているのではなく、ただ癖のようにこういう言いかたをしてしまうのが仄田くんという男の子なのだということを、さよが知るのは、もう少し後のことである。

「こんなこと、はじめてだもん」

さよはむきになって、校門をがたがた揺らした。けれど、門はびくともしない。どうやら錠がおろされているようだ。

「ちぇっ」

仄田くんは舌打ちした。それから、先に立って金網ぞいをぐるりと歩きはじめた。さよも後に続く。

しばらく行くと、裏門の前に出た。こちらにも錠がおろされている。

「そもそも、くちぶえ部なんて、ほんとうにあるの」

仄田くんは疑わしそうに聞いた。

「あるわよ」

「こんな誰もいないところにわざわざ来て、ああ、そんした」

仄田くんは言い、肩をすくめた。

「連れてきてって言ったのは、仄田くんじゃない」

仄田くんの態度にむっとして、さよは言い返した。

「ぼく、頼んでないもん」

「頼んだ」

「頼んでない」

言い合いが始まってしまった。

……さて、ここで公平を期すために、さよが仄田くんを欅野高校に連れてくるにいたったいきさつを、少しばかりふりかえってみよう。はたして、仄田くんは「連れてきて」と、言ったのだろうか。言わなかったのだろうか。

結論から先に言うならば、仄田くんは「連れてきて」という言葉は、ひとことも、言わなかったのである。

それならば、さよの方がまちがっているのだろうか。

いや、そうともいいきれない。なぜなら、仄田くんは「連れてきて」とは言わなかったけれど、かわりに心の底からうらやましそうに、こう言ったからだ。

「そんなに上手に教えてくれる人たちと知り合いで、いいなあ、鳴海さんは」

そんな言葉を聞いてしまったら、どうして仄田くんのことをほっぽっておけようか。

さよは、自分だけで麦子と南生を独占しているのが、悪いような気持ちになってしまったのだ。そしてその気持ちが、いつの間にか、「灰田くんが、連れていってほしがっている」という思いこみに、変わってしまったのだ。

そういうわけで、さよと灰田くんのどちらの言いぶんが正しいか決めるのは、ひどく難しいということになる。そのうえ、ここまできてしまうと、正しい正しくないよりも、互いをやりこめることに夢中になってしまっているさよと灰田くんだったのだ。

あとはもう、水かけ論である。

「頼んだ」

「頼んでない」

しんとした櫸野高校の前で、二人は長い間言い合っていた。

その場所を見つけたのは、先に言い合いに疲れてしまった灰田くんだった。

塀の一部が、低くなっている。たしかにそこならば、さよや灰田くんくらいの背の子供でも、乗り越えることができそうに見えた。

「ここ、のぼれないかなあ」

灰田くんは言った。

さよの目がぱっと輝いた。さよだって、ばかみたいな言い合いを、早くやめたかったのだ。

すぐにさよはスカートのすそをからげ、でっぱりに足をかけ、やすやすとてっぺんをまたいだ。そのままさよは、すとんと塀の内側に飛びおりる。

次に、仄田くんもさよと同じようにして、でっぱりに足をかけた。ところが、それからがいけなかった。へっぴり腰のまま体を持ち上げようとするので、仄田くんの体のバランスがくずれ、そのままぺたんと地面に落ちてしまうのだ。

「手伝おうか」

さよは聞いた。

仄田くんは首を横にふった。

何回か、仄田くんはためしてみた。でも、だめだった。しかたなくさよは、また内側から塀をよじのぼって、仄田くんの側におりたつ。

仄田くんを後押ししようと、さよは手をのばした。けれど、差し出されたさよの手を、仄田くんは振りはらってしまった。

「どうせ、だめだよ」

仄田くんはうつむいた。

「だいじょうぶよ、簡単にのぼれるから」

さよがそう言っても、仄田くんはかたくなに下を向いている。

「手伝ってなんてくれなくて、いいよ」

硬い声で、仄田くんは言った。

「手伝わなきゃ、のぼれないでしょう」

「いらないよ」

「だって、ほら」

さよはかまわず、仄田くんの背中に手をそえようとした。すると、仄田くんはさよを振り返り、いらいらしたように言い放つではないか。

「もう、いい。帰る」

さよは驚いた。せっかく助けてあげようとしているのに、いったい仄田くんはどうしたというのだろう。

さよは、わかっていなかったのだ。男の子の自尊心というものを。女の子に後押しされなければ、低い塀ひとつのぼれないことを認めたくないという、仄田くんの切実な自尊心を。

「仄田くん、自信がないの」

さよは、無邪気に聞いた。

さよにそう言われた瞬間、仄田くんの顔がぱあっと赤くなった。仄田くんは、しばらく肩をふるわせていた。それから、こう言い返した。

「うるさいな、女のくせに」

さて、鳴海さよという女の子は、ふつうの四年生の女の子としては、ごくごくおだやかな質である。この日のように仄田くんと言い合いをするなどということは、ほんとうに珍しいことなのだ。おっとりとした引っこみ思案なさよを怒らせることは、実際、簡単なことではない。

ところが、そのさよを簡単に怒らせる魔法の言葉が、二つあるのだ。

それは、「女のくせに」という言葉と、「お父さんのいないおうちだから」という言葉である。

「女のくせに、ですって」

先ほどまでよりも、ずっと低い声で、さよは言った。

「だって、お、女だろ、鳴海さんは」

さよがこんなにも「女のくせに」という言葉に対して腹をたてるのは、母と二人してこの三年間、女だけで生きてきたからである。男手のない家に対する世間さまの目、そしてわけへだては、あまり言いたくはないけれど、この時代――今まで言っていなかったろうか、実はこの物語の舞台は、今より少しばかり昔のことなのである――なまじっかなものではなかったのだ。

氷のようなさよの口調に、仄田くんは、一歩あとじさった。

しばらく、仄田くんはさよをにらみつけていた。さよも、負けずににらみ返した。仄田くんは激しくまばたきしている。

いつ仄田くんが言い返してくるかと、さよは身がまえた。ところがどうだろう。さよの予想に反して、仄田くんは突然、頭をさげて謝るではないか。

「ごめん、悪かった。考えなしなこと言っちゃったよ、ぼく」

考えなし、という言葉を、さよはその時初めて聞いた。その響きが面白くて、さよは少しだけ怒りをとく。

「考えなしって、どういう意味なの」

「人の言ったことやどこかで読んだことを、さも自分が考えたことみたいにそのまま言っちゃうことを、考えなしっていうんだ」

「どこかで読んだこと」

「うん、ぼく、たくさん本を読むでしょ。それで、読んだことをえらそうにおばあちゃんに教えていると、お父さんが目をぐりぐりさせながら、考えなしの、だめ坊主って、ぼくを呼ぶんだ」

さよも知っている仄田くんのおばあちゃんに、本の中の知識を得々と披露している仄田くんの姿は、かんたんに想像できた。さよは笑いだした。

「おばあちゃんは、いつだってぼくの言うことを感心して聞いてくれるんだけどなあ」

仄田くんは頭をかいている。神経質そうなまばたきは、さっきよりもずいぶん回数が減っていた。

「ねえ、もう一度、ためしてみない」

さよは塀を見上げながら、言った。

「のぼれるかな、ぼく」

「のぼれるって信じれば、のぼれると思う」

仄田くんのほっぺたが、また赤くそまってきた。

しばらく仄田くんはためらっていたが、やがて顔をぶるんと振り、腕まくりをした。

慎重に慎重に、仄田くんは塀をのぼりはじめた。

「すごいよね、ぼく」

仄田くんがさも嬉しそうに何回もくりかえすので、さよはおかしくなってしまう。

とうとう仄田くんは、さよの助けを借りずに一人で塀を越えられたのである。

日が傾いてきている。深緑にしげった桜の葉が、風に吹かれて葉ずれの音をたてていた。サッカーゴールごしに、太陽がにじんで見える。真昼の白く輝くお日さまではなく、夕方のじゅくじゅくと赤い太陽である。誰もいない校庭に、つばめが低く飛んでいた。

昇降口は閉まっていたので、さよと仄田くんは、ぐるりと校舎をまわっていった。そのまましばらく校舎ぞいに歩くと、目の前に二階建ての特別教室棟があらわれた。ガラス窓ごしに、水槽や実験器具が見える。

「理科室かしら」

「化学室か生物室だよ、きっと」

「かがくしつ、せいぶつしつって、なあに」

「爆薬をつくったり、カビを育てたりする教室さ」

高校生は、爆弾もつくれば、カビを育てもするのだと、さよはびっくりした。さらに歩いてゆくと、特別教室棟の裏手に、小さな扉があった。押すと、扉はぎいと音をたてて開いた。目の前には廊下がのびており、片側に教室が並んでいる。

二人は、ちらりと顔を見合わせた。それから、思いきって扉の中にすべりこんだ。そのまま二人は、足音をしのばせて廊下を歩いていった。

「ねえ、何か音がしない」

さよがそう言ったのは、奥の生物室の前まで来た時だった。

「音って」

仄田くんは聞き返した。そんなに大きな声ではないのに、人けのない廊下に、仄田くんの声は響きわたった。その響きに、二人はびくっとして立ち止まった。

とん。

とんとん。

やがて仄田くんの耳にも、その音は聞こえてきた。

「音って、この、足音みたいなもののこと」

仄田くんがひそめた声で聞く。

「うん」

さよも、ひそひそと答えた。

「二階から、聞こえてくるよ」

「そうよね、二階よね、いったい何の音なんだろう」

とんとん。

とんとんとん。

音は次第に、大きくなってくる。

「怖いの」

ぎゅっとにぎりしめたさよのこぶしを見て、仄田くんが聞いた。またあの、人をこばかにした言いかたである。

「ぜんぜん」

さよは言い返した。ほんとうは、怖かったのだけれど。

「仄田くんこそ」

「ぼくだって、ぜんぜん」

そう答えた仄田くんのてのひらだって、さよと同じように強くにぎりしめられている。

「鳴海さんが帰りたければ、帰ってもいいんだよ」

仄田くんは恩きせがましく言った。だから、ほんとうは、一刻も早く帰りたかったのに、さよもついこう答えてしまったのだ。

「仄田くんこそ、帰りたいんじゃないの」

自分たちのそんなやりとりのせいで、二人はますます後戻りできなくなってしまった。

そのままゆっくりと、二人は階段の方へと進んでいった。

窓からの夕日が踊り場までを照らしていたが、その上は暗くてもやもやしている。階段に近づくにつれて、音はさらにはっきりと聞こえるようになってきた。

ついに二人は階段の真下まで来た。目をこらしても、踊り場の上は見えない。

「どうする」

仄田くんが聞いた。

——やっぱり、帰りたい。

ここにきて、心の底から怖くなってきたさよは、今しもそう口にしようとしたところだった。ところが、さよがその言葉を口に出す前に、どすん、という不気味な音があたりに響きわたった。

踊り場に、何者かがあらわれた。

（あっ）

さよは息をのんだ。

なぜなら、踊り場にあらわれたその生きもののことを、さよは知っていたからだ。それは、毛むくじゃらの、ねずみそっくりの生きものだった。ただし、はつかねずみやどぶねずみよりもずっと巨大で、おまけによつんばいではなく二本の足ですっくと立っていた。太い首からはさらに太い胴がつづき、短い足としっぽでもってうまくつりあいをとっている。右手には棒をにぎりしめ、左手は腰に当てていた。上半身には何も着ていないが、腰から下にはまっしろいエプロンを巻いている。

「グリクレル」

さよは叫んだ。

大ねずみは、ぎろりとにらんだ。

「どうしてあたしの名前を知っているんだい、この人間のちびは」

隣では、灰田くんががたがたふるえている。さよだって、怖さのあまり大きな声でわめきたいところだった。けれど勇気をかきあつめ、さよは大ねずみに向かって口を開いた。

「だって『七夜物語』の中に出てきたじゃない、あなたは」

そうだ。さよは思い出したのだ。

この、身の丈二メートルほどの灰色の巨大なグリクレルは、『七夜物語』に登場する大ねずみなのである。『七夜物語』の主人公である女の子と男の子は、ちょうど今のさよと灰田くんとまったく同じように、ある日誰もいない学校に迷いこんでゆく。すると、闇の中から、突如グリクレルがあらわれるのである。

大ねずみは、さよたちをじっと見つめている。その右手ににぎりしめられているのが、パイ皮やクッキー生地をのばすために使うめん棒であることに、さよは気づいた。

「あの、今もグリクレルさんは、お料理の最中だったんですか」

さよは聞いた。できるだけへりくだった言いかたで。

なにしろ『七夜物語』の中には、いかにグリクレルがお行儀の悪い子供を嫌っているかということが、めんめんと綴られているのだ。いくら注意しても行儀悪のなおらない子供は、グリクレルにひっつかまえられ、めん棒でのされ、シチューの材料にされてしまうことになっている。

「もちろんだよ」

グリクレルは答えた。

「それでおまえたちは、何をしにここにやって来たんだい」

そんなことは、さよの方が教えてもらいたかった。

さよは口ごもった。すると突然、横から声がするではないか。

「ちょっと、このねずみ、なんなの」

それは、仄田くんの声だった。


「この気味の悪いしろもの、鳴海さんの知り合いなの」

あたりはばからぬ、仄田くんの声である。

「しっ」

さよはあわてて仄田くんの口を押さえた。

「おやおや、ずいぶんと行儀悪の子供が、ここにはいたもんだ」

グリクレルは、はっしと仄田くんをにらみすえた。

対する仄田くんの方も、負けていない。しばらくの間、仄田くんもじいっとグリクレルをにらみ返していた。けれどじきに、仄田くんはうなだれてしまった。グリクレルの迫力に負けたのである。

「行儀の悪い子供は、しつけてやらなきゃね」

そう言うなり、グリクレルは踊り場からすばやく飛び下りた。あっと思う間もなく、グリクレルはさよと仄田くんの間に割って入ってくる。

「さあ、おいで」

仄田くんの耳を、グリクレルはぐいと引っ張った。

「い、た、た、た」

仄田くんが悲鳴をあげる。けれどグリクレルは放さず、そのまま階段をのぼってゆく。仕方なく、仄田くんもグリクレルに一段ずつ遅れて、階段をのぼっていった。

「待って」

さよは叫んだ。

グリクレルは振り向きもしなかった。仄田くんの耳を左手でむんずとつかんだまま、どんどん階段をのぼってゆく。

さよは、あわてて後に続いた。

耳たぶをまっかにしながら引っ張られてゆく仄田くんにしがみつくようにして、さよは二階にあるグリクレルの台所へとまろび入っていった。

台所は、どこもかしこもぴかぴかだった。大きなストーブが窓辺にすえられ、ほうろうの両手鍋が火にかかっている。食器棚には金色にふちどりされた客用のお皿が並び、卓の上にはさまざまな食べものが用意されていた。銀のボウルに入ったサラダ。バットに並んだえびやほたて貝のマリネ。じゅうじゅういっている焼き肉のかたまり。焼き上がったばかりのパイからは、甘いりんごの匂いが漂ってくる。

「おいしそう」

さよは、つぶやいた。

「そっちの子は、少しはものがわかっているようだね」

グリクレルはひげをぴんと立て、さよに向かってうなずいた。そのままグリクレルは、台所の隅にある脚立のところまで仄田くんを連れて行く。

自分の腰に巻いたエプロンを、グリクレルははずした。両の紐を手に持ち、グリクレルはエプロンを仄田くんの腰にぐるりとまわす。仄田くんはほそっこいので、グリクレルのエプロンは仄田くんの背中で重なり、すそは床まで届いてしまっていた。一回まわしただけでは紐は余ってしまうので、グリクレルはごていねいにも紐を二重に巻きつけ、しっかりとしたちょうちょ結びをつくった。これでもう、仄田くんはかんたんにはエプロンをはずせなくなってしまった。

青ざめた顔をした仄田くんは、されるがままになっている。

「これは夢なんだ」

まるでそれだけが頼りなのだといわんばかりに、目の前の脚立をぎゅっと抱きしめ、仄田くんはぶつぶつとつぶやいている。

「じきにさめる、じきにさめる」

何回も仄田くんは、くりかえした。

グリクレルが、鼻を鳴らす。ぶう、という派手なその音に、仄田くんがびくりと体をふるわせた。

「柔軟性のない子供だねえ。きっとこの子は、おとぎ話や昔話を読んだことがないんだね」

グリクレルはばかにしたように仄田くんを見て言い、それからさよに向かって、大きく目くばせをした。

さよは一瞬気をのまれて目をつむりそうになったが、あわてて、小さな目くばせを返した。

まず二人が命じられたのは、皿洗いだった。

グリクレルは、食器棚の二番目のひきだしを開けた。きれいにアイロンのかかった白いエプロンが、ぎっしりとしまいこまれている。その中から一枚を取り出し、グリクレルはさよに投げた。

「あんたもつけなさい」

エプロンは、むろんさよにも大きすぎた。背中にまわして、それでも余るので、筒のように体に巻きつけた。グリクレルの気を悪くしないよう、さよは急いで紐を結ぼうとしたけれど、緊張のあまり指がもつれてしまった。

「あわてなくていいよ。時間はたっぷりあるんだからね」

もう一枚、グリクレルはエプロンを取り出した。体の前で、ぱん、と勢いよく広げ、きりきりと腰に巻きつけてゆく。体を揺らして正面を決め、正しい位置にエプロンをもってくる。最後にグリクレルは、しっぽを二回、とんとんと床に打ちつけた。

「皿洗いのやりかたは知ってるね。まさか知らないとは言わせないよ」

グリクレルはゆっくりと頭をめぐらせ、仄田くんをぎろりとにらんだ。

もちろん生まれてこのかた、仄田くんが皿洗いというものをおこなったことは、一度もなかった。

「し、知ってます」

仄田くんは小さな声で答えた。

「じゃあ、さっさと取りかかりなさい」

灰田くんは、さよの顔をそろりとぬすみ見た。さよも、灰田くんをちらりと見やる。

　グリクレルは灰田くんのことを「柔軟性のない子供」と言っていたけれど、さよだって、自分が大ねずみの台所で皿洗いをしなければならないという、今のこの事態が、夢ではなく現実のことなのだとすんなり認めることは、到底できそうになかった。

（どうする）

（どうしよう）

　二人は目で話しあった。その間も、グリクレルに見とがめられないよう、さよの方はせっせとたらいに水をためてゆく。

　流しの隅には、何枚もの汚れたお皿が重ねてあった。一番てっぺんには、小花柄のティーカップがのせられている。水色の花の間に、金色の小鳥が飛びかっている模様のカップである。

　さよはたらいの水に、そっとティーカップをひたした。底に残っていた金色の紅茶が、ゆらりと水の中をたちのぼる。指でこすったカップの底は、ひんやりなめらかな手ざわりだった。今が大変な時だというのに、ティーカップがあんまりきれいなので、さよは一瞬、うっとりとカップをにぎりしめてしまった。

　いっぽうの灰田くんの方は、心ここにあらずといった体だ。洗いものをはじめたさよのことを、ぼんやり眺めているばかりである。

「さ、早く洗っちゃおう」

さよは仄田くんに耳うちした。

「洗うの、ぼくも」

仄田くんは、でくのぼうのように突っ立ったままだ。

「もちろんじゃない」

ひそひそ声で言い返しながら、さよはせっせとお皿をたらいにつけていった。

仄田くんは、仕方なさそうに手をのばし、一番大きな楕円形のお皿を、ばちゃんとたらいに沈ませる。

「だめよっ」

さよは注意した。

「どうしてさ」

「それ、油ものだから」

「だからどうだっていうの」

仄田くんは口をとがらせる。

さよは、仄田くんが沈ませた楕円形のお皿を、急いで水から引き上げた。油もののお皿と、ただの汚れたお皿は、別々に洗わなければならないことを、さよは早口で仄田くんに教えた。

「めんどくさいんだなあ」

仄田くんはまた口をとがらせた。

不器用な手つきでようやく仄田くんがのたのたとお皿をすすぎはじめたのは、ずいぶんたってからのことだった。

結局、ほとんどのお皿は、さよが洗いあげた。


「終わりました」

さよがグリクレルにそう報告しに行った時も、仄田くんはふてくされた様子で、流しの下のところを足で蹴っていた。

作業台で生クリームを泡立てていたグリクレルは、じろりと流しのあたりを一瞥する。

「まだ終わってないじゃないか」

「えっ」

さよはうろたえた。

流しの中には、汚れたお皿は、もう一枚もない。スポンジも、しぼって干した。洗剤の箱は、もとあった場所にちゃんと戻した。

「あの、どうしたらいいんですか」

さよがおずおずと聞くと、グリクレルは、また鼻を鳴らした。

「人間ってものは、まったく、自分でものを考えない生きものだね。教えてくれるのを待っているばかりじゃないか。まあいい、最初だから特別に教えてやろう。皿洗いっていうのはね、ふいて、食器棚にしまって、はじめて完了なんだよ」

さよは、はっとした。

さよの母は、洗ったお皿をふきんでふかず、置きっぱなしにして自然に乾かす。だから、さよはお皿をふくことを思いつかなかったのだ。けれど思い返してみれば、さよの大好きな外国の子供たちのお話の中には、「お皿ふき」のことがしばしば描かれているではないか。

日本の子供の「お手伝い」といえば、お豆腐屋さんを呼びとめてあぶらげやお豆腐をアルミのお鍋に入れてもらったり、新聞を郵便受けから取ってきたり、家の前の道を竹ぼうきで掃いたりすることと決まっている。けれど、外国の子供たちの「お手伝い」は、お皿ふきなのである。

むろん日本の子供だって、お皿ふきはする。それは、白地に紺の文字が書いてある日本てぬぐいで、湯飲みや小さな取り皿をせっせとふく、お皿ふきである。いっぽうの外国のお皿ふきは、全然違う。それは、「リンネル」という特別な布によってなされるものだ。さよは「リンネル」についてはまったく知識がなかったけれど、ともかくそれが、日本の縁側やふすまや畳からできた家には存在しない、すてきに外国ふうな布類であるという見当だけはついた。

「リンネルが、ここにはあるのかしら」

期待に胸をふくらませて、さよは台所じゅうを見まわした。しごく外国ふうなこのグリクレルの台所ならば、リンネルがあるかもしれない。

「リンネルって、なに」

仄田くんが聞いた。

「ふきんの親戚のような布だと思う」

「なんだそれ」

仄田くんは肩をすくめた。

仄田くんのことはほうっておくことにして、さよは台所のひきだしを調べはじめた。ほどなくエプロンの隣のひきだしに、リンネルらしき布が見つかった。それがリンネルであるかどうか、もちろんさよには確信はなかったのだけれど、いかにも「わたしでお皿をふいてください」というふうに、そのしゃりしゃりした白い布はさよに呼びかけていた。

「ふこう」

さよは一枚を仄田くんに手渡したが、仄田くんは手を出そうとしなかった。つまらなさそうな顔で、さよを眺めているばかりだ。

さよは肩をすくめた。もう仄田くんのことはかまわずに、さよはせっせとお皿をふいてゆく。こんな楽しいことに参加しないなんて、なんて仄田くんはばかな子供なんだろう、と思いながら。

ふいたお皿を、さよは大きさ順にわけた。次に、食器棚の中にもともと積んであった同じ大きさのお皿の上に、それらを重ねていった。小花柄のティーカップは、重ねずに一つずつ並べた。

すっかりしまい終わるまでには、ずいぶん時間がかかったけれど、さよは楽しくてしかたなかった。まるで、いつも図書館で読む外国のお話の中の女の子に、自分がなりかわったような気分だったからである。

「ご苦労だったね」

気がつくと、グリクレルがまうしろに立っていた。

急に声をかけられて、さよは飛び上がりそうになった。

「最初の試験は、合格だね」

ひげの先に跳んだ生クリームを長い舌先で器用になめとりながら、グリクレルは重々しく言った。

「試験なんですか、これは」

びっくりして、さよはグリクレルの顔をまじまじと見た。

「そうだよ、知らなかったのかい。あんたは、合格だよ」

「あたしは、合格ですか」

さよは振り向いて灰田くんを見た。自分は合格らしいが、灰田くんはどうなのだろう。

すると、そこで灰田くんがすかさず会話に割りこんでくるではないか。

「あのぅ」

「なんだい」

「ぼくたち、もう帰ったほうがいいと思うんですけれど」

「どうして」

グリクレルは愉快そうに聞いた。

「だって、もう夜になっちゃうから」

できるだけ胸をはって姿勢を正していたが、灰田くんの声は、少しふるえていた。

「そんな心配は無用だよ。だって、ここは……」

途中まで言いさしたまま、グリクレルは笑いはじめた。だってここは……、の次に、グリクレルは何と続けようとしているのだろう。

「ここがどこなんだか、ぼく、知ってるよ」

仄田くんはふるえ声で言った。

「ほう、ここはどこなんだい、知ってるなら、言ってごらん」

グリクレルは笑いやめ、仄田くんの顔を見た。

「ここは、ここは……夢の中でしょ」

「夢の中」

「そうだよ。どうせ夢なんだから、怖がることなんかないんだ」

半分は自分に言い聞かせるように、仄田くんはつぶやいた。

「鳴海さんも、グ、グ、グ……」

「グリクレル」

言いよどんでいる仄田くんに、さよはこっそり耳うちした。

「グリクレルも、この台所も、いやに隅々まではっきり見えているけど、覚めちゃえばやっぱり夢だったって安心するはずなんだ」

夢の中でのできごとだと言いながら、仄田くんはグリクレルのことを、さきほどのように「気味の悪いねずみ」とは、もう呼ばなくなっている。

「ほんとうに夢だと思うのかい」

グリクレルは首をのばして、仄田くんの顔の間近に自分の顔を寄せた。仄田くんは顔をそむけようとしたけれど、金縛りにあったように動けないでいる。

「夢だよ、夢に決まってる」

「夢じゃなければ、どうするんだい」

「そんなはずはないもの」

「どうして」

「こんなのあり得ない」

グリクレルは、また笑いはじめた。きゅっ、きゅっ、きゅっ、という、いかにもねずみじみた笑い声である。

「そっちの子供は、どう思っているんだい」

今度はさよの方を向き、グリクレルは訊ねた。グリクレルが少し離れてくれたので、仄田くんは、ころしていた息を、はあっとついた。

「さあ、どう思っているんだい」

口ごもっているさよに、グリクレルは重ねて聞いた。

おずおずと、さよは答えた。

「あの、夢じゃないような気がします」

グリクレルは、じっとさよを見た。小さな目が、きらきら光っている。その目が、自分をからかっているようにも、また同時に味方しているようにも、さよには感じられた。

「おまえは、ここのことを覚えているんだね」

「はい」

さよはうなずいた。

たそがれの支配する場所

『七夜物語』の中には、そう書かれていた。

グリクレルの台所は、いつもたそがれの中にあるのだ。

夜のとばりがこの台所におりることは、めったにない。ものみなうす闇にまぎれ、昼が夜へとうつりつつある時刻、すなわちたそがれの時が、いつもこの台所を支配しているのである。

「ここは、『七夜物語』の世界なんですね」

さよはそっと言った。

「そうだよ。おまえは、あの本を読んだんだね」

グリクレルも、そっと言いかえした。

「全部はまだ読んでいません。そしてなかみをおぼえていることもできません。でも、ほんの時たま、ぴかっと光る稲妻のように、あのお話のかけらが、あたしの中に浮かんでくるんです」

「そうだ、それこそが、『七夜物語』を読んだという証拠にほかならないんだよ。あの物語をすっかり自分のものにしてとどめておける者など、誰もいないのだからね」

さよは、首をかしげた。グリクレルの言っていることがよくわからなかったからだ。さよにとってただ一つ確かだったことは、自分の心臓がどくん、どくん、と大きく打っていることだった。

いや、そうではなかった。

恐ろしさのあまり、さよの心臓はそんなにも激しく打っていたのだろうか。

（なんてすてきなんだろう）

さよは、そう思っていたのだ。

紙の上でしか知らなかったこと、想像の中だけでしか起こり得なかったことが、今やどんどん目の前にあらわれてくるではないか。

「ほら、そっちの頭の硬い子供も。わかったかい。ここは、時の流れのはざまにある場所。夜は、まだまだ来ないんだよ。だからあんたたちも、家に帰る必要はないのさ」

グリクレルは、仄田くんに向かってびしびしと言った。

仄田くんは、ぽかんとしている。それも当然だ。なぜなら、仄田くんはさよと違って、『七夜物語』を、手に取ったこともないからだ。

「さっぱりわからないよ」

仄田くんは言った。

「あんたがわかってもわからなくても、だいじょうぶだから、安心おし」

「だいじょうぶって、何が」

「どっちにしろ、すぐに家に帰らなくてもいいということさ」

仄田くんは青ざめた。

「帰れないの、ぼくたち」

あわれっぽい声で、仄田くんは聞いた。

「三つの試験全部に通れば、帰れるよ」

グリクレルはにやりと笑った。それから、勢いよくしっぽを床に打ちつけた。

仄田くんが苦戦している。

「えいくそ」

「なんでこんなにすべるんだ」

「ほんとにもう」

「ああ早くおしまいにならないかな」

仄田くんはぶつぶつと文句を言いつづけだ。

さよは心配そうに仄田くんを見やったけれど、手伝うことはできなかった。なぜならさよ自身も、次の「試験」にかかっていたからだ。

さよが今かかっているのは、暖炉に火を燃やしつけるという仕事だ。

「火を絶やさないようにすること。それが、このたそがれの台所ではとても大事なことなんだよ」

グリクレルは言った。その時は、グリクレルのその言葉の意味は、さよにはよくわからなかった。暖炉の火の大事さをさよが思い知るのは、もう少し後のことである。

グリクレルの暖炉は、たいそう大きかった。すぐ前に置かれたしんちゅうのバケツには、太い薪が積み重ねてあり、壁に打った鉤には、火かき棒や薪をつかむための金ばさみがつるしてある。

最初にさよは、薪を何本か積み、焚きつけとして置いてあった小枝や反故をその上にのせてみた。それからおもむろにマッチをすって、反故に火をつけた。

火は激しく燃え上がったけれど、重ねた何枚かの紙を黒く焦がし終えると、すぐに消えてしまった。

（これじゃあ、だめだ）

さよはじっと考えてみた。

そうだ。中野のおばあちゃんのところのお風呂をお手本にすればいいんだ。さよは思いついた。少し前まで、おばあちゃんの家のお風呂は、薪で焚いていたのだ。さよは、おばの清子が薪を焚きつけるところを、何回か見ていた。たしか清子は、使いおわった割りばしや古新聞を下に置き、その上に薪をのせていたのではなかったか。

（薪は、下じゃなく、上に置くんだ）

さよは、大きなこよりを作るようなつもりで、何枚かの反故をいっぺんに手に持って、ぎゅっとねじった。そうやって棒のようになった反故の端に火をつけ、暖炉の中に置いた。何本か作った反故の棒が燃え上がったところで、薪をそっと火の上にのせる。最初は燃えているのだかそうでないのだかわからない薪だったけれど、やがて小さな赤い炎がたち、煙があがり、しまいにぱちぱちと燃えはじめた。

ゆらめく炎を、さよは見つめた。

できたのだ。自分一人で。

エプロンで手をふきふき、グリクレルが暖炉の方へやってきた。

「自分で工夫できたね。なかなかやるね、この子は。よし、二番めの試験、合格」

さよはおっかなびっくりグリクレルを見上げた。グリクレルは、ものやわらかな表情でさよを見おろしている。

「お母さんのお手伝いを、ちゃんとしているんだね」

「はい」

さよは素直に答えた。

「うちは、母さんとあたしの二人きりだから」

「そりゃあ、いいね」

さよは、びっくりした、母と二人きりの家を、「母子家庭は問題があるな」「お父さんのいない子だから」と言われたことはあっても、「そりゃあ、いいね」とほめてもらったことなど、今までに一度もなかったからだ。

「いいんですか」

さよは聞き返した。

「いいに決まってるだろう」

「どうして」

「機会が増えるからね」

きかい。さよはグリクレルの言葉を小さな声でくりかえしてみた。機会って、いったい何の機会だろう。

「ぼくのところだって、お父さんと二人きりだもん。おばあちゃんとおじいちゃんもいるけど」

仄田くんが横から口をはさんできた。シャツの前が、びしょびしょになっている。

「それにしては、あんたは機会を生かしてないようだねえ」

グリクレルは笑った。

ようやく仄田くんが洗いおえたお皿は、まだたったの五枚だ。そして、せっかく洗い終えたそのお皿も、ぐらぐらと不安定に重ねられていて、危なっかしいことこのうえない。そのうえ、水びたしなのは仄田くんのシャツだけでなく、床もだった。まるで湖の生きものが、ついさっきまでこのあたりで跳ねまわって遊んでいたかのようだ。

「ぼくだって、ちゃんといろんなこと、してるさ」

仄田くんは言い返した。

「いろんなことって、いったい何なんだい」

「勉強とか、百科事典を読むとか」

「ふん、そんなことかい」

グリクレルは片手でひげをしごいた。

「おばあちゃんの手伝いは、しないのかい」

「男の子は手伝いなんてしなくていいんだ」

仄田くんは、胸を張って言い返した。けれど、前髪まで水びたしになっているので、ぜんぜん威厳がない。

さよはどきどきした。仄田くんが叱られるのではないかと思ったからだ。けれどグリクレルはそれ以上何も言おうとはしなかった。

「ま、いいさ、家に帰れるのは、ちゃんと事をやりとげた子供だけなんだから」

そう言って、グリクレルはもう一度、ひげをぎゅっとしごいた。

ぱりん、という音が鳴り響いたのは、もうじき仄田くんがお皿をふき終えようという時だった。

「割れちゃった」

仄田くんはつぶやいた。

グリクレルは、じろりと仄田くんをにらんだ。

「割れちゃった、とお言いかい」

「そうだよ。ほらこの通り、割れちゃったじゃないか」

「あたしの言ってるのは、そういうことじゃないのさ。『割れちゃった』という言いかたはつまり、このお皿が望んで自分で割れたっていう意味になるんだよ。おまえは、そういうつもりで言ったのかい」

グリクレルは静かに聞いた。

仄田くんはグリクレルを見上げた。下から見るグリクレルのあごは、柔らかい毛におおわれている。グリクレルがしゃべるたびに、二枚のとがった歯がこきざみに揺れ動く。

（ほんものの、ねずみなんだ）

仄田くんは思った。

（なんてねずみらしいねずみなんだろう）

（そして、なんて堂々としたねずみなんだろう）

（堂々としていて、おまけにものすごく口うるさいや）

もともと仄田くんは、口うるさく注意されることには慣れている。仄田くんをおかあさんがわりに育ててくれているおばあちゃんが、毎日こまかな注意を仄田くんに与えるからだ。

学校から帰ったら、きちんと手を洗ってうがいをするんだよ。

寒くなってきたら上着を着なきゃだめだよ。

ごはんとおかずは、均等に少しずつ食べてゆかなきゃだめだよ。

朝起きた時と学校から帰った時には、仏壇に手をあわせなさい。

朝から晩まで、おばあちゃんは仄田くんに口うるさく注意をしつづけ、世話を焼く。

だから実のところ、仄田くんがのびのびできる場所は、学校の図書室か欅野区立第一図書館くらいなのである。

「お皿が自分で割れたのか、それともおまえがお皿を割ったのか。いったいどっちなんだと、あたしは聞いているんだよ」

おどすような言いかたではない。むしろ優しい口ぶりである。

仄田くんは覚悟を決めたように答えた。

「ぼくが、お皿を割ったんだ。お皿が自分から進んで割れたんじゃなくって」

「じゃあ、言いなおしなさい」

(仄田くん、がんばれ)

固唾をのんで仄田くんとグリクレルのやりとりを聞いていたさよは、心の中で応援した。

やがて、仄田くんは言った。

「ぼくが、お皿を割りました」

仄田くんは、しおたれてみえた。水びたしになっているせいもあるけれど、それよりも、ついに自分の方がまちがっていることを認めなければならなかったからだ。

ところが、しおたれた様子とはうらはらに、この台所にやって来てはじめて、仄田くんはグリクレルの目を見て堂々と話していた。

この時、仄田くんはお腹の中で、こんなことを考えていたのだ。

（今ぼくの目の前にいる気味の悪い大ねずみ——心の中では、まだ仄田くんはグリクレルのことをこう呼んでいた——は、たしかに口うるさいけれど、でもおばあちゃんとは違うや）

お皿を割った時に、おばあちゃんならば、グリクレルのような言いかたは絶対にしない。おばあちゃんなら、きっとこう言う。

あらあら鷹彦や、けがはないかい、と。

（少なくとも、この気味の悪い大ねずみは、おばあちゃんと違って、ぼくを一人前の人間のようにあつかってくれるや）

こんなことをお腹の中で思っているからといって、もちろん仄田くんがおばあちゃんを嫌っているわけではない。実際、仄田くんはおばあちゃんのことが大好きなのだ。ただ、おばあちゃんは、仄田くんを叱るということが、ほとんどないのだ。叱られないのは楽ちんだけれど、ほんとうにそれでいいのかと、時々仄田くんは心配になってしまうのである。

どうやら自分は、みんなと違っているらしいということを、ほんとうは仄田くんはうすうす知っている。

自分は生まれつき、みんなと違っているんだろうか。それとも、お母さんがいないから、こうなのだろうか。

お母さんのことを思うと、灰田くんは何やら胸のあたりがぽかっと空いたような感じになる。けれどそれは、悲しいのとは違うのだ。灰田くんには、お母さんというものが、どんなものなのかがわからないのだ。

もしもお母さんがいたら、自分は今と違ったのだろうか。灰田くんはいつもそのことを考えるのである。

ほんの束の間、そうやって灰田くんはもの思いに沈んでいた。いっぽうのグリクレルは、腕組みをしている。そしてさよは、グリクレルと対している灰田くんを、心配そうに見つめていた。

突然、灰田くんが言った。

「お皿を割って、ごめんなさい。ほんとうに、ごめんなさい」

「ほう」

グリクレルは、しっぽを、とん、と床に打ちつけた。

「自分から謝ったね」

グリクレルは、意外そうにしている。さよだって、そうだった。お皿を割ったことは認めても、灰田くんが素直に謝りの言葉を口にするとは、思っていなかったからである。

けれど、いちばん驚いていたのは、灰田くん自身だった。

なにしろ仄田くんは、自分の方から折れることが、とても不得意なのだ。たとえあきらかに自分が悪い時でも。ところがこうしてグリクレルに謝ってみると、冷たかった体がほんのりと暖まってくるような、いりいりしていた気持ちが少しずつほぐれてくるような、そんな気分のよさがあるではないか。

「べんしょうします」

仄田くんは続けた。

「弁償」

「はい。ぼく、少しだけ貯金があるんです」

グリクレルは、まじまじと仄田くんを見た。弁償とはまた、この台所にまるで似合わない言葉である。

あんのじょう、グリクレルは笑いだした。

その時だ。

天井から、突然声がふってきたのである。

「貯金だって。おかしな子供だなあ」

はじかれたように、グリクレルは顔をあげた。そしてあっという間に、暖炉のすぐ横から、台所全体を見渡すことのできる入り口のところまで、ぴょんと跳んだ。

「誰だい」

グリクレルは叫び、台所じゅうを注意深く見まわした。さよも仄田くんも、きょろきょろとあたりを見まわす。けれど誰の姿も見当たらなかった。

「こっちだよ、こっち」

また、声がした。やはりそれは、天井の方から聞こえてくる。

「ミエルかい」

グリクレルが叫んだ。

「どこにいるんだい、ミエル」

「ここだよ、ここ」

天井から、からかうような笑い声が響いてきた。

しっぽを大きく床に打ちつけ、今度は横跳びにではなく、上に高く跳んだ。

グリクレルはまた、跳んだ。

「なぜあらわれたんだい、ミエル」

そう言いながら、グリクレルは天井のはめ板につかまった。そして、手をのばしてはめ板をずらした。

「まだ早すぎるよ、ミエル。おまえは、この子供たちの手に余る」

笑い声がつづく。はめ板がずらされたので、笑い声はさきほどよりもずっと近く、なまなましく聞こえた。

グリクレルは、ずれたはめ板の端をぐっとつかみ、ぶら下がったまま体ぜんたいを揺らして、はめ板を少しずつ動かしていった。しまいに、天井の一角に大きな穴があいた。

と、突然、笑い声がやんだ。

「早すぎるって言うけど、わたしはもうすでに、こうしてここにあらわれてしまったんだ。だから仕方ない、その子供たちにはうまくやってもらわないとな」

声は、重々しくそう言った。

グリクレルは、ぶるっと体をふるわせた。そのままグリクレルは、頭を穴の中につっこみ、天井の奥に向かって必死に呼びかけた。

「いや、ミエル。まだ早いよ。まだ今はたそがれだ。夜が来るのは、もっと先のことだよ」

「そうかな。ほんとうに、そうなのかな。もう夜はやってきているじゃないか、ほら、こんなふうに」

声がそう言ったとたんに、穴からはまっくろい闇がにじみ出してきた。ついさっきまではっきりと見えていたグリクレルの胴体と足が、穴からにじみ出てきた闇におおわれ、見る間に包みこまれてゆく。

やがて闇は、グリクレルの姿をすっかりおおってしまった。

「グリクレル」

さよは叫んだ。

わずかにまだ見えているグリクレルのしっぽの先が、揺れた。

「子供たち、あたしはミエルをつかまえに屋根裏に行くからね。あんたたちで、せいいっぱいがんばるんだよ。わかったね」

そう言うやいなや、グリクレルのしっぽの先はひときわ激しく揺れ、次の瞬間、穴のまわりにわだかまっている闇の中に、グリクレルはすっぽりとのみこまれてしまったのであった。

天井からは、どすん、どすん、という音が、長い間響きつづけている。

ときおり音は激しくなり、またある時はしんと静まりかえった。

さよがじっと天井を眺めあげていると、仄田くんがそばに寄ってきた。

「ねえ、今のうちに逃げようよ」

仄田くんはささやいた。

「えっ、逃げるの」

「うん、今がチャンスだ」

「でも」

さよは、ぐずぐずと天井を見ていた。仄田くんはすでに、台所の扉を押し開けたところだ。

「早く」

仄田くんがせかした。さよはまだ、迷っていた。

「鳴海さんが行かないんなら、ぼくだけ行くよ」

仄田くんは言い、廊下のうす闇の中へと足を踏み出した。

さよは、どうしていいのかわからなかった。

天井からの音はまだ続いている。グリクレルは、無事なのだろうか。そして、ミエルとは、いったい何者なんだろう。

しばらく、どすんばたんという音がしていた。

それから突然、音が止んだ。

台所は、恐ろしいほど、しんと静まりかえってしまった。

廊下を、さよはうかがう。仄田くんの足音が聞こえないかと耳を澄ませたが、こそとも音はしない。

気がつくと、あたりはほとんどまっくらになっていた。

先ほどさよが焚きつけた暖炉の薪が、燃え尽きようとしている。作業台と流しの横に置かれた二つのランプは、次第にあたりをおおいはじめた闇に負けて、ひどくこころもとない灯り具合になっていた。グリクレルがいた時には、じゅうぶんな明るさに思えていたのに。

もうここは、たそがれの場所ではなくなろうとしていた。夜が、どんどんこの台所に入りこもうとしているのだった。

「グリクレル」

さよは呼んでみた。

答えは、ない。

「仄田くん」

さよはまた、呼んでみた。

答えはやはり、ない。

「ミエル」

念のためさよは、ミエルと呼ばれていたものにも呼びかけてみた。

むろん答えはなかった。

さよは台所の床に座りこんでしまった。

（ここには夜は来ないって、グリクレルは言っていたのに）

けれど、たそがれのうす闇は、目のつんだなめらかな闇に、すっかりとって代わられようとしている。いったいどうしたことだろう。

せめてもの助けにと、さよは薪を暖炉にくべた。消えかけていた火が、またおこる。炎は、少しずつ大きくなっていった。

（あっ）

突然、さよは思い出した。さっき、グリクレルが言っていた言葉を。

火を絶やさないようにすること。それが、このたそがれの台所ではとても大事なことなんだよ。グリクレルはそう言っていたのではなかったか。

あの時には、この言葉の意味はわからなかった。けれどこうして夜になってしまった台所に一人で座っていると、グリクレルの言おうとしていたことが、さよにもようやくわかった。

暖炉の火は、夜にのみこまれないために、あるのだ。

さよはいそいで薪をもう一本手に取った。そして、ていねいに、暖炉の中にくべた。

灰田くんは帰ってこない。

かさり、という音をたてて、燃えている薪がくずれる。

台所はますます暗くなってゆく。作業台のランプの光が、闇の中にこころぼそく浮かんでいる。

　さよは立ち上がった。このまま座っていても、ますます怖くなるばかりだと思ったからだ。流しのところに置いてあったランプを持ち、さよは台所の扉を押した。体の前にランプをかざし、廊下を照らし出す。

　何も、見えなかった。のぼってきた階段も見えなかったし、反対側にあるはずの壁も、まったくの闇の中だ。

「仄田くん」

　さよは呼びかけてみる。

　かさ、という音がした。さよは一歩、廊下に踏み出した。

「仄田くんなの」

　さよはもう一度、聞いた。

「……うん」

　小さな声が、答えた。

　てん、てん、という足音がしたかと思うと、ランプのかすかな光の中に、仄田くんの姿が浮かびあがった。あごの下から照らされて、仄田くんの顔は怪奇映画の中の人のように見える。

「ああよかった」

　思わず、さよはつぶやいた。

「どこに行ってたの」

「それがね」

仄田くんは自分の左のてのひらを、じっと眺めている。

「鳴海さんは覚えているかなあ」

「何を」

「この台所が、階段をのぼった左っかわにあったか、それとも右っかわだったか」

すぐさま、さよは答えた。

「右よ」

階段の踊り場をへて二階にのぼり、廊下をたどっていったその右側に、グリクレルの台所の扉はあった。さよはたしかに覚えていた。

「ね、だから、もしも階段に戻りたいと思ったら、台所から出たすぐ左手の壁を、こう、左のてのひらでなでながら歩いていけば、自然に階段に行き当たるはずだろう」

仄田くんは言い、ランプが照らし出している左側の壁を指さした。

「それで、仄田くんはそうしたの」

「うん」

「じゃあ、階段に、行き着いたのね」

「ううん」

仄田くんは首を横に振る。

「それが、とってもへんなんだ。ぼく、とにかく左手を壁から絶対に離さないようにして、ゆっくり歩いていったんだ」

「そうしたら」

「うん、そうやってずいぶん歩いていって、階段はいつあらわれるかなって思っているうちに、いつの間にかまたここに戻って来ちゃったんだ」

妙な話である。

「右手と左手を、まちがえちゃったんじゃないの」

「それにしても、いつかは階段にたどり着くはずだろう。時間はかかっても」

それはそうだ。左の壁を伝っていったにしろ、右の壁を伝っていったにしろ、いつかは階段にたどり着くはずだし、たとえ階段にたどり着かず、ほかのドアに行き着いてしまったとしても、それがこの同じ台所のはずはない。

「なんだか、袋の中にとじこめられて、その袋の中には廊下とこの台所しかないような感じなんだ」

仄田くんは首をかしげた。

頭を寄せあっているさよと仄田くんの影が、廊下の壁にうつし出されている。

ランプの炎が揺れるたびに、さよと仄田くんの影も、ゆらゆらと心細そうにゆらぐのだった。

また、天井から音が聞こえてきた。

けれどそれは、はじめて聞く種類の音だった。

ごう。

「あれっ」

天井を見上げ、仄田くんが首をかしげた。

「誰かが、いびきをかいてるね」

仄田くんの言葉は、さよには思いがけないものだった。

「えっ、いびき」

「うちのお父さんのいびきと、そっくりだ」

さよはまた、びっくりする。こんな大きな音のいびきを、さよは今まで聞いたことがなかったからだ。母はもともと、いびきをかかない。清子おばだって、すうすうという寝息しかたてない。さよの知っている中で唯一いびきをかく祖父だって、こんなとどろきのような音はたてない。

「お父さんだけじゃないよ、おじいちゃんのいびきだって、すごいんだ。二人で一緒に昼寝している時なんて、そりゃあたいしたもんなんだよ」

灰田くんは得々と説明した。どうやら大きないびきをかけばかくほどすばらしいのだと、灰田くんは思っているようである。

「でも、このいびき、いったい誰がかいてるの」

「あの気味の悪い大ねずみじゃないの」

「しっ」

グリクレルの姿が見えなくなったとたんに、ふたたび「気味の悪い大ねずみ」と言いだした灰田くんに、さよはあわてて注意した。

「眠ってるんだから、だいじょうぶだよ」

灰田くんは平然と言いはなった。

暖炉の方へと灰田くんは歩いてゆき、壁につるしてある火かき棒を手に取った。そして、ほとんど燃え尽きようとしている薪をつっついた。

「もう消えそうだよ。早くまた火をおこしてよ」

またあの、人を上からみおろしているような、灰田くん一流のもの言いだ。

さよはむっとした。

「自分でおこしたら」

「どうして」

仄田くんは不思議そうに聞いた。

「火をおこすのは、グリクレルの次の試験なの。お皿洗いの試験に合格したら、次は仄田くんも暖炉の薪を焚きつけなきゃならないはずよ」

さよは仄田くんを軽くにらみつけた。

「どうしてぼくたち、あの大ねずみの言うことにいちいちしたがわなきゃならないの」

仄田くんも、にらみ返してくる。

「それは」

さよは言葉につまった。

なるほど、たいそう立派な体格はしているわ、言葉もしゃべれるわ、料理の腕前も抜群だわ、いいところずくめのグリクレルではあるけれど、せんじつめれば一介のねずみである。そのグリクレルの言うことに、万物の霊長である人間のさよと仄田くんが、いちいちしたがわなければならないという道理など、たしかにないのかもしれない。

「だけどグリクレルは、あたしや仄田くんよりも、たいした人なんだから」

「人じゃないだろ」

というのが、けなげにグリクレルをかばったさよに対する、仄田くんの落ち着きはらった指摘だった。

「まちがい。たいした人、じゃなくて、たいしたねずみ」

さよはぷんぷんしながら、言いなおした。

さあまた、言いあいが始まってしまった。でもこれは実は、二人にとってはさいわいなことだったのだ。

なぜなら、ちょうどその時、グリクレルが天井裏にのぼってゆく時にずらしたはめ板の隙間から、妙なものがのび出て来ようとしてるのを、見ずにすんだからだ。

「暖炉に火をつけることくらい、ぼくだって簡単にできるさ」

下りてくるものにまったく気づいていない仄田くんは、平気で憎らしい口をきいている。

薪のバケツから数本の薪を取り出し、仄田くんは自信たっぷりな様子で、暖炉の中にぽいと放りこんだ。

けれど、仄田くんの自信たっぷりな態度は、ほんの少ししか続かなかった。

「わっ」

という仄田くんの叫び声が台所じゅうに響きわたったのは、それからほどなくのことだった。

「どうしたの」

さよは驚いて聞いた。

「熱いよ、熱い」

そう言いながら、せっかく火がついたマッチを、仄田くんは放りだしてしまった。せっかくうまくマッチを燃やすことができたというのに。

そもそも仄田くんは、マッチをすることすら最初はできなかったのだ。

「どうやればいいの、これ」

マッチのおしりをつまみながら、さっき仄田くんはさよに訊ねたのだ。

「マッチ箱の茶色いところに、マッチの頭をすりつけるのよ」

さよはそっけなく答えた。

不器用な手つきで、仄田くんは何回もマッチをすろうと試みた。でもだめだった。

「難しいや、これ」

「もっと力を抜いたほうがいいわよ」

さよは思わず、教えてあげた。もともとさよは、そういう質の子供なのだ。腹をたてていても、相手が助けを求めていると、さよはつい手をさしのべてしまう。

しゅっ、しゅっ、と、それからも何回かくりかえしたすえ、仄田くんが手に持ったマッチは、ようやく炎をあげた。ところがいざマッチがついてみると、あがった炎の勢いに、仄田くんは驚いてしまい、せっかくついたマッチを放りだしてしまったという次第なのだった。

「でも炎が、ぼうって」

「火がついたばかりの時は、まだ熱くないでしょう」

仄田くんは指をごしごしとこすりながら、さも恐ろしそうに言っている。

「ねえ、仄田くんは理科の実験の時に、アルコールランプをつけたことはないの」

さよはあきれて訊ねた。

「ないよ」

というのが、仄田くんの答えだった。

「だって、みんなアルコールランプをつけるの、好きだろ。ぼくまで順番がまわってこないんだ」

仄田くんは激しくまばたきをしている。

そういえば、欅野高校の門のところで、自分の「考えなし」について謝った時にも、仄田くんがこうして神経質にまばたきをくりかえしていたことを、さよは思い出した。

「ぼくだって、マッチくらいすれるようになりたいんだけど」

仄田くんはうつむいた。まばたきをするたびに、仄田くんのまつ毛がふるふると揺れる。

さよは突然、あることに気がついた。

（もしかすると仄田くんってほんとうは、自分がみんなと違うことを、気にしてるのかな）

だとしたら……、と、さよは思う。

（あのはげしいまばたきは、みんなが当たり前にできることを、自分だけができない時に、出ちゃうものなのかもしれない）

「ね、一緒に焚きつけよう」

今までと違う明るい口調で、さよは仄田くんに話しかけた。

仄田くんは、じいっとさよの顔を見返す。

「一緒に、やってくれるの」

「もちろん」

仄田くんはまた、まばたきをした。今度のまばたきは、さっきのような速いまばたきではなかった。ゆっくりとまぶたを閉じ、開き、仄田くんはさよを見つめた。

「鳴海さんって、うちのおばあちゃんみたい」

仄田くんはぼそりと言った。

「おばあちゃん」

「いや、おばあちゃん、ぼくにやさしいから」

さよはまた、腹がたってきた。

(仄田くんって、どうしてこうすぐにへんなことを言うんだろう。こともあろうに、小学生のあたしのことを、おばあちゃんなんて)

「いいから、早く薪を焚きつけましょう」

さよは早口で言い、紙をねじって棒をつくるよう、仄田くんに言った。

二人が暖炉の火をおこしている間にも、天井の穴から出てきた妙なものは、壁を伝い、下へ下へとおりてきている。薪が勢いよく燃えはじめ、さよと仄田くんは歓声をあげた。手をかざして火にあたる二人の背後に、それは少しずつ近づいてこようとしていた。

炎がおどっている。

さよと仄田くんは、じっと炎を見つめている。

暖炉の火は、あたたかかった。

ここに来ていったいどのくらいの時間がたったんだろう……。

もしかすると、半日くらいはゆうに過ぎてしまったんじゃないかしら……。

元の世界では、夜も更けたころかもしれないな……。

炎を見ながら、さよと仄田くんは、考えるともなく考えていた。

背後から近づいてくるものに気づかないまま、二人は、うとうとしはじめているのだった。さよは、ひざをかかえたまま頭をひざに預け、仄田くんの方はもっと本格的に、暖炉の前の床に寝そべっている。

やがて仄田くんは、寝いってしまった。いっぽうのさよの方は、まだかすかに意識があった。

声がしたのは、その時だった。

「眠ってしまって、いいのかい」

声の、常ならざる響きに、さよは引っぱられるように目をさました。

さよは反射的に聞き返す。

「だれなのっ」

さよのその声に、仄田くんが身じろぎした。アルマジロのようにまるめていた体を少しだけのばし、仄田くんは一瞬目をあけた。けれどすぐにまた、寝息をたてはじめてしまった。

さよはおそるおそる、うしろを振り向いた。

何も見えない。

暖炉のまわりは薪の火に照らされているけれど、そこから離れた場所は、闇におおわれている。天井からはあいかわらず、「ごう」といういびきが規則的に響いてきていた。暖炉の火が小さくなってきたことに気づいて、さよは薪を二本、火にくべた。ぱちぱちとはぜる音がして、炎がたった。

「だれなの」

さよは闇に呼びかけた。

とたんに、闇ぜんたいが、ぶわんとふくらんだ。

もやもやとした何者かが、闇の中を動いている。もやもやは、闇にまぎれているけれど、あきらかに闇とは違うものだった。

それは、濃いはちみつ色をした、正体不明のかたまりだった。

「灰田くん、起きて」

さよは灰田くんの肩を強くゆすった。

その間も、はちみつ色のかたまりは、じりじりと近づいてくる。

さよは必死に灰田くんに呼びかけた。けれどなかなか灰田くんは気がついてくれない。

しまいに、ようやく灰田くんは、うす目をあけた。

「あれ、どうしてぼくの部屋にいるの、鳴海さん」

寝ぼけ顔でさよを眺めあげながら灰田くんがつぶやいたのは、そんな言葉だった。

どうやら仄田くんは、ここがグリクレルの台所だということを、寝ている間にすっかり忘れ去ってしまったらしい。

薪が、大きく燃え上がった。仄田くんは驚いたように暖炉を見やる。

「やあ、ぼくはまだ、夢から覚めてないみたいだな」

そう言いながら、仄田くんはふたたび目を閉じてしまった。そのまま自分の腕をまくらにして、気持ちよさそうにまるくなる。

「動じない子供だな」

はちみつ色のかたまりは言い、笑った。

しかたない、さよは一人ぽっちで、はちみつ色のかたまりに立ち向かうしかなかった。

しばらく、闇の中のはちみつ色と、さよはにらみあっていた。

はちみつ色のかたまりも、さよの方をうかがっている。

やがて、はちみつ色のかたまりが、おごそかに言った。

「わたしの名は、ミエル」

名を名乗るのと同時に、はちみつ色のかたまりは、またぶわりとのびひろがった。

「ミエル」

さよはつぶやいた。それは、さっきグリクレルが天井裏まで追っていった相手にほかならなかった。

「グリクレルは、どうしたの」

恐ろしさを必死におしころしながら、さよは聞いた。

「どうしてるかって。聞こえるだろう」

ごう、ごう、という音は、あいかわらず規則正しく聞こえてくる。

「やっぱり、天井裏で眠っているの」

「そうだ。わたしがこうしてはっきり姿をあらわしたということはつまり、グリクレルが眠ってしまったということになるんじゃないかね、ええ」

ミエルは、からかうように言った。

ミエルが姿をあらわすと、グリクレルが眠る。どうしてそういうことになるのか、さよにはさっぱりわからなかった。さよは、不安に身を固くする。

ミエルは、かろやかに闇の中へと広がっていった。黒い闇の中に、はちみつ色のかたまりが占める体積が、どんどん大きくなってゆく。

ミエルに押されて、さよは暖炉のきわまで追いつめられていった。火の粉がさよの腕に飛んでくる。火の粉は、さよの腕を熱く焼いた。

しまいにミエルは、台所いっぱいに満ちあふれた。天井はみしみしとはちみつ色のかたまりによって押し上げられ、扉からあふれ出た部分は、廊下のずっと先の方まで突きだしている。

さよの息が苦しくなってきた。怖い、どうしよう、と思うたびに、はちみつ色のかたまりが大きく濃くなってゆくからだ。

すでに仄田くんは、ミエルにすっぽりおおわれてしまっている。そのままミエルは、さよの鼻や口にも入ってこようとした。息が、苦しい。

さよは観念した。

（もうおしまいだ）

さよは目を閉じ、両のてのひらを組んだ。

「母さん。清子おばちゃん。おじいちゃん。おばあちゃん。そして、ずっと会っていない父さん。欅野高校にこっそり忍びこむなんていうことをして、ごめんなさい。お話の中の冒険は、みんなめでたしめでたしで終わるけど、あたしの冒険は、こんなへんな影に押しつぶされて、中途半端に終わりそうです。おまけに、冒険の仲間である仄田くんは、お話の中の男の子と全然違って、頼りにならないの。

このままあたしが家に帰れなくても、あたしはいつも母さんと清子おばちゃんとおじいちゃんとおばあちゃんと父さんのことが大好きだということを、どうか忘れないでね。

それから、仄田くんのおばあちゃんも、仄田くんが帰ってこないことを、あんまり悲しがらないで下さい。あたしが仄田くんを欅野高校にさそったのがいけなかったんです。ごめんなさい。

でも仄田くん、もうちょっと家のお手伝いとかいろいろした方がいいと思います。次に生まれてきた時には、どうかお願いします」

ぶるぶるふるえながら、心の中で長々と、さよは「りんじゅうの言葉」を述べるのだった。

どのくらいたったろう。

すっかりあきらめて暖炉の前にぐったりと座りこんでいたさよのふくらはぎのあたりを、何者かがつっついている。

きつく閉じていた目を、さよは開いた。

ミエルは、あいかわらず部屋じゅうに満ちている。息が苦しい。

「鳴海さん」

小さな声がした。

「仄田くん」

さよは振り返った。仄田くんは、さよのすぐうしろに横たわったままだ。

「しっ」

わざとらしい寝息をたてながら、仄田くんは言った。

「ぼくの方を向かないで。そのままの姿勢で、聞いて」

さよはそろりと体の向きを戻した。横目でうかがうと、さっきとなんだか違う感じがした。

最初は、何が違っているのか、さよにはさっぱりわからなかった。けれど少したつと、さよにもさっきと今の違いが少しずつわかってきた。

ミエルが、さきほどよりもほんの少し、縮まってきているのだ。その証拠に、仄田くんの姿が、うすぼんやりとだけれど、見えるようになってきていた。ついさっきまでは仄田くんをおしつつんでいたミエルが、仄田くんをおおいきれなくなっていたのだ。

「起きてたの」

ひそひそ声で、さよは聞いた。

「あたりまえじゃないか」

仄田くんは言った。またあの、いばった調子で。でも今のさよは、聞き慣れたそのいばった調子が、何より心強かった。

「ぼくのまわりのミエルの一部が、少しだけ、薄くなってないかい」

仄田くんは聞いた。

「うん」

さよはうなずいた。

「実は、ぼく、あることをしてみたんだ」

「あることって」

「くちぶえだよ」

「え、くちぶえって」

びっくりするさよに、仄田くんは小声で説明した。

ミエルが、仄田くんをおおいつくし、さよに対するのと同じように、仄田くんの鼻や口にも入ってこようとしたこと。仄田くんは、ひどく苦しくなったこと。それで、ミエルを押し返そうと、必死に息をはいたこと。最初はゆっくりとはいていたけれど、それではミエルの勢いに負けてしまうので、ふうふう小きざみに息をはくようにしたこと。そうしているうちに、偶然、くちぶえの音がひゅうっと出たこと。

「そしたらね、ミエルの色が急に薄くなって、楽に息ができるようになったんだ」

仄田くんは言い、実際にくちぶえを吹いてみせた。

ひゅう。

そういえば、その音は、さっきからさよにも聞こえていた。下手くそで、息の音ばかりが混じっていたのでわからなかったのだけれど、それではあれは、仄田くんのくちぶえの音だったのだ。

「ほんとうに、くちぶえをふけばミエルは薄くなるの」

さよは疑わしそうにつぶやいた。仄田くんは、寝たふりをしたまま、しきりにうなずいた。

そんなことくらいで、この恐ろしいミエルが消えるとは、さよにはとうてい思えなかった。けれど、わらにもすがる思いで、さよはくちびるをとがらせてみた。そして、静かに、息をはいた。

空気の音のたくさん混じった仄田くんのくちぶえと、きれいに響くさよのくちぶえ。二つのかすかな音は、夜の闇の中に、心ぼそく流れていった。

気がつくと、霧が次第に晴れるように、あたりは少しずつうす明るくなってきていた。

仄田くんは、正しかったのだ。くちぶえの音は、たしかにミエルを縮めていったのである。

ついさっきまでは、グリクレルの作業台も、食器棚も、流しも、何もかもがはちみつ色のかたまりミエルにのまれていたのに、今ではずいぶん様子が変わっている。さよと仄田くんがくちぶえを吹きつづけてゆくうちに、まず天井があらわれた。次に、天井から続く壁があらわれた。作業台も食器棚も、ありかがわかるようになった。

今やミエルは、グリクレルと同じくらいの大きさでしかなくなっている。

さよの隣では、仄田くんが必死に下手くそなくちぶえを吹きつづけていた。さよも、懸命に吹きつづける。

最初のうちさよは、ずっと練習していた「とおきやまにひはおちて」を吹いていたのだけれど、不思議なことにそれはいつの間にか、違うしらべに変わっていた。その新しいしらべが何なのか、はじめのうちさよは、まったくわからなかった。自分自身が吹いているというのに。

（でもこのメロディーは、どこかで聞いたことがある）

さよはひそかに思っていた。

ミエルは、さらに小さくなってゆく。大ねずみくらいだったものが、次第にさよや仄田くんより小さくなり、今ではそのへんを駆けまわっているふつうのねずみほどの大きさになってしまった。

（あっ）

さよは、突然気がついた。

さよが知らず知らずのうちに吹いていたこのしらべは、欅野高校の「ていじせい」

の二人、南生と麦子がいつか吹いていた、あの世にもうつくしいしらべと同じものなのではないだろうか。

もちろんさよは、南生と麦子のように上手に吹くことはできない。だからそれは、ちょうど南生と麦子のしらべの弟子、いやいや、弟子までもいっていない、弟子の弟子の弟子、くらいの、つたないものだった。けれどさよのその素朴なしらべと、南生たちのしらべには、まちがいようもなく共通する何かがあった。さよの吹くしらべは、遠く遠くだけれど、たしかに南生と麦子の吹くうつくしいしらべとつながっているのだった。

さよと仄田くんは、頭がすかすかするまで、くちぶえを吹きつづけた。

ミエルはついに、一粒の小石ほどの大きさに、縮んだ。

ミエルが縮むにつれて、天井から台所にしみでてきた闇も、うすくなってゆく。

そしてついに、夜は台所から去り、ふたたびそこはうす闇のたそがれにつつまれた。

ようやくのことでミエルと夜をしりぞけたさよと仄田くんは、くちぶえを吹きつづけた疲れで、ぺたんと床に座りこんでいた。しばらく、ぜいぜいという二人の息の音だけが聞こえていた。

「仄田くんっ」

さよがびっくりしてそう叫んだのは、息のおさまってきた灰田くんが、小さくなったミエルを火かき棒でつついたからだ。

「何してるのっ」

「何って、こいつの正体をたしかめてるんだよ」

灰田くんは、平然と火かき棒を動かしつづけている。

さよは青ざめた。少なくとも、ついさっきまで、ミエルはあんなに恐ろしいものだったのだ。いくら縮んでしまったからといって、こんなふうに無遠慮につついたりしたら、いつまた巨大にふくらんで、さよと灰田くんを押しつぶさないとも限らないではないか。

けれど灰田くんはかまわず、ミエルをつっつきつづけた。

「だめだなあ、いくらつっついても、硬くまるまったままだ」

そう言うと、次に灰田くんは、ポケットからハンカチを引っ張りだした。ハンカチにはきれいにアイロンがあてられている。灰田くんのおばあちゃんがあててくれたものにちがいない。

折り目を広げ、灰田くんは小石の大きさになったミエルの上に、

「えいっ」

と言いながら、かぶせた。それから、ハンカチをぎゅっとしぼってまるめ、四隅を

まとめてしばった。

「ほら、どう、これ」

仄田くんは、ハンカチをてのひらの上にのせ、さよの方に突き出してみせた。

「だいじょうぶなの」

さよはこわごわ言う。それから、そうっとハンカチにふれる。そのとたんに、ハンカチが動いた。

「きゃっ」

さよは身をすくませた。仄田くんの方は、へっちゃらな様子だ。

「だって、いざとなったら、またくちぶえを吹けばいいんだろ」

ハンカチは、ぷるんと揺れ動いた。

「これ、暖炉に放りこんじゃおうか」

ハンカチの包みを炎のすぐ上に持ってゆき、仄田くんが言った。

「えっ」

さよはびっくりして声をあげた。

「そうしたら、何かのかがくはんのうがあるかもしれないよ」

「かがくはんのうって、なに」

「紫色の炎があがったり、大爆発したり、病気の新しいとっこうやくができたりすることだよ」

仄田くんは、得々と説明した。もちろん、仄田くんの言っていることは、さよにちんぷんかんぷんだったし、本当のところ、仄田くんだって、「かがくはんのう」については、たいしてくわしいわけではなかったのだ。けれど、自分が思いついたくちぶえでもってミエルを退治した、ということに有頂天になっていた仄田くんは、どんどん気が大きくなっていたのである。

（やめて、仄田くん）

さよは心の中で叫んだ。仄田くんとは反対に、さよの方は、まだまだ不安だったからだ。

「いや、こういう実験は、ぜひしてみるべきだと思うんだ。さあ、放りこむよ」

仄田くんは言った。そして、今しも、ミエルを包んだハンカチを、火に放りこもうとした……その刹那。

「炎になんか、くべないでおくれ」

大きな声が、上からふってきた。

さよと仄田くんは、はじかれたように顔をあげた。

「グリクレルなの」

さよは叫んだ。

さよの声に答えるかのように、天井のはめ板が動いた。まずしっぽがあらわれ、次には足、胴体、腕、そして最後に、いかにもねずみじみたグリクレルの顔がのぞいた。

「ああ、よく眠った」

そう言いながら、グリクレルはぴょんと飛びおりてきた。軽々とした身のこなしで、グリクレルは床に着地する。

「どうしたんだい、二人とも」

自分が天井裏に消えてから今まで、まるで一秒くらいしかたっていないかのように、グリクレルは平然と聞いた。

それからが、大騒ぎだった。

「ぼくたち、大変だったんだから」

仄田くんがせきこんで言えば、

「そうよ、もうおしまいかと思ったの、あたし」

さよも、グリクレルのエプロンにしがみつくようにして訴える。

「ふん、そうかい」

「そうかい、じゃないよ。いったいグリクレルは何してたのさ」

「何って、眠ってたよ、あたしは」

すずしい顔で、グリクレルは答えた。

さよと仄田くんは、顔を見合わせた。そして次に、二人して仄田くんの持っている
ハンカチの包みに視線をやった。

「ミエルって、いったい何なの。ねえグリクレル、ぼくたちに説明してよ」

ミエルを包んだハンカチを火にくべて「かがくはんのう」をおこせなかったことを、
半分は残念に思いながら、けれど半分はほっとしつつ、仄田くんは聞いた。

グリクレルはしばらく、仄田くんの顔とハンカチとを、交互に見ていた。それから、
きゅっ、と、ねずみじみた声で笑った。

さあ、これからグリクレルは、どんな説明をしてくれるのだろう。さよと仄田くん
は期待に満ちて、グリクレルを見上げた。

けれど、二人は肩すかしをくらうこととなる。

「ごちゃごちゃした説明は、あたしは、不得意なのさ」

そう言って、グリクレルは「説明」をすぐさまおしまいにしてしまったからだ。

「そのかわりに、ほら」

グリクレルはそう言って、仄田くんが持っていたハンカチの包みを、さっと開いた。

ミエルは、まるまったまま、ときおり、ぷるん、と揺れる。

「ともかく、まずは」

そう言いながら、次にとったグリクレルの行動は、二人を仰天させた。

なんとグリクレルは、ちんまりとハンカチの上にのっかったはちみつ色のミエル、小石ほどの大きさになったミエルを、むんずとつかんだかと思うと、目にもとまらぬ速さで自分の口まで持っていったのである。

「んぐ」

グリクレルは、ミエルをのみこんだ。

「な、なにするの」

仄田くんが叫んだ。

「きゃあ」

さよも悲鳴をあげた。

「んぐ、んぐ、んぐ」

二人の叫びにも、グリクレルは眉ひとつ動かさなかった。そのまま大きく喉を動かし、やがてグリクレルはミエルをのみくだしてしまった。

グリクレルは続いて、体をゆさゆさと揺らした。

「こうすれば、早くお腹に落ちていくからね」

グリクレルの動きに、床がみしみし鳴る。

さよと仄田くんは、ただただ、あっけにとられているばかりだった。

それからのことは、わずか数分のうちに起こった。

まず、グリクレルの足もとから、何かがはえはじめてきた。

それは、黒くて平らなものだった。

「これは、もしかして、影なの」

さよが聞いた。

たしかにそれは、影だった。

最初それは、草の芽ばえのように小さくて、かたちもはっきりしないものだった。けれど見ているうちに、芽ばえはゆっくりと育っていった。やがて影はごくごく小さなグリクレルのかたちになり、さらに育ってゆき、しまいにグリクレルとほぼ同じ大きさになった。

「ようやくここに、戻ってきたね」

グリクレルが言うと、グリクレルの言葉に答えるように、影はゆらゆら揺れた。

「それは、ミエルなの」

仄田くんが、おそるおそる聞いた。

「違うよ。これは、れっきとしたあたしの影。だってほら、黒いだろう。はちみつ色じゃないだろう」

「でも」

「ミエルは、ミエル。あたしから離れていってしまったもの。でも、あたしのところに戻ってきたら、またあたしの影に戻る。そういうものなんだよ」

「よくわからないよ」

「だから、説明は得意じゃないって言っただろう。それにね、あんたたち人間は、そうでなくても自分で考えようとしないんだから。説明なんかしたひには、すっかりわかった気になって、ますます考えなくなることうけあいなのさ」

グリクレルは言い、さよと仄田くんに向かって、指を立てた。もうこれ以上は、あんたたちの質問には答えないよ、というふうに。

グリクレルは、影に向かっても、指をたてた。

大きく、影はゆらめいた。

ほんの一瞬だけ、影ははちみつ色になった。

そして次の瞬間には、また黒い影に戻った。

「さて、あたしも台所仕事に戻ろうかね」

グリクレルは、てのひらをぱんぱんとはたいた。

ついさっきまでの続きのように、グリクレルはお鍋に水を満たし、火にかけた。

黒いふつうの影に戻ったミエルは、今ではもうすっかりグリクレルにしたがいきって、グリクレルと共に優雅に台所の中を動きまわっている。

さよと仄田くんにできるのは、もの慣れた様子で動き回るグリクレルとその影を、あっけにとられて眺めることだけだった。


「あんたたち、家に帰りたくないのかい」

グリクレルがそう言ったのは、それからどのくらいたってからだったろう。

二人は、はっとした。そうだ。三つの試験に通れば、二人は晴れて家に帰れるのだ。

それからは、早かった。

ともかく、試験に通らなければ。そう気をとりなおした仄田くんは、すべてのお皿をかたづけ、焚きつけもちゃんとこなしてみせ、二つの試験に合格となった。

「簡単だい、こんなの」

試験に通ったことがわかると、仄田くんは、なんでもないことのように自慢そうに言った。さよはおかしくてたまらなかった。ここに来たばかりの時には、あんなにおたおたしていた仄田くんだったのに。

「そして、三番めの試験には、あんたたちもう合格してるんだよ」

「三番めの試験って、いったい何が試験だったの」

仄田くんとさよは、びっくりして聞いた。

「あんたたちの場合、それは、ミエルだったわけだね」

「ぼくたちの場合」

「あたしたちの場合」

二人の声がそろった。

「毎回、違うんだよ」

グリクレルは、両肩をすくめてみせた。

「それじゃあ、みんながミエルに出会うわけじゃないの」

「まあ、そうだね」

「ミエルを小さくできたから、試験に合格したの」

「結果的には、そうだね」

「じゃあ、ミエルに鼻と口をふさがれていたら、どうなったの」

「そりゃあまあ、家に帰れなかったことは、たしかだね」

さよと仄田くんは、顔を見合わせた。

家に帰れなかっただろうね。グリクレルはそう言った。

それでは、仄田くんが偶然くちぶえを吹くことを発見しなければ、さよも仄田くんも、ずっとこの世界の中にとじこめられたままだったのだろうか。

二人は、同時にぶるっと身をふるわせた。

「でもあんたたちは、ちゃんと試験に通った、と」

グリクレルは言い、さよと仄田くんに向かってにやりとしてみせた。

「そのうえ、あんたたちは、夜を呼びこんでしまったんだよ。思っていたよりもずいぶん早くね。たくさんの子供たちがここに来たけれど、こんなに早く夜を呼び寄せたのは、あんたたちが初めてさ。まあ、どっちにしろ、あんたたちにとっては、ここでのことは全部が初めてのこと、っていうことになるんだけれどね」

さよと仄田くんは、また顔を見合わせた。

「もしかすると、あんたたちは、今までの子供たちよりも強い何かを持っているのかもしれないね。もっとも、まったくそうじゃないっていう可能性だって、大いにあるけどね。さあもうお行き、子供たち」

そう言うと、グリクレルは顎をしゃくって台所の扉を指し示した。

「もう、帰れるの」

さよが聞いた。

「ああ、帰れるとも」

「でも」

仄田くんが、小声でつぶやく。

「ねえ、グリクレル、もっとちゃんと教えてよ」

仄田くんは、乞うようにグリクレルを見上げた。

「ここには、ぼくたちのほかにも、いろんな子供が来たんだね」

グリクレルは、仄田くんの問いには、答えなかった。ただひげをぴんと立て、台所の扉の方を、じっと見ている。まるで、扉それ自体を見ているのではなく、その向こうにいる誰かを見ているかのように。

しまいに、さよと仄田くんは、なごり惜しく思いながらも、グリクレルに背を向けた。ゆっくりと扉まで歩いてゆき、二人して扉に手をかけ、開けはなった。

「階段がある」

仄田くんがつぶやいた。

「さっきはなかったのに」

さよも、小さな声で言う。

そこはもう、欅野高校の特別教室棟の二階だった。闇ははらわれ、来た時と同じ夕方の光が、廊下にさしている。

「入ってきた時と同じよ」

「同じだね」

二人は窓の外を見た。空が赤く染まりはじめていた。

「もうじき、日が暮れるのね」

静かに、さよが言った。

「うん、そうしたら、夜がくるね」

仄田くんが、答えた。

裏口から出ると、二人は無言のまま、校舎ぞいに歩いて校庭に出た。大きな時計が、正面の時計台にはめこんである。暮れがたの光では、時計の針が何時をさしているのか、読みとることはできなかった。

二人はじっと時計台を見た。

ともあれ、二人はグリクレルの台所から帰ってくることができたのである。

最初の夜は、こうして終わったのだった。

第三章

次の夜

「わからないことだらけだ」

広げたノートをさよに見せながら、仄田（ほのだ）くんは頭をかかえている。

ノートには、仄田くんのていねいな筆跡（ひっせき）で、いくつかの文章が箇条（かじょう）書きにしてあった。

・どうして高校の校しゃの二かいが、きみの悪いねずみのすみかになっていたんだろう

・ミエルとかいうへんなかげの正体は、なんなんだろう。きみの悪いねずみの話だけでは、さっぱりわからない

・どうしてとちゅうでかいだんがなくなってしまったんだろう

・どうしてきみの悪いねずみがぼくたちに帰っていいって言ったら、かいだんがまたあらわれたんだろう

・あのきみの悪いねずみは、だれのためにあんなごちそうを作っているんだろう

・きみの悪いねずみのごちそうは、見ため通り本当においしいんだろうか

・どうして鳴海さんは、きみの悪いねずみの名前を知っていたんだろう
・どうして向こうでは半日くらい時間がたっていたはずなのに、もどってきたらほとんど時間がたっていなかったんだろう
・そして、ここまで書いたことが全部ゆめだったというかのうせいもあるけれど、そうしたらエプロンのことはどうなのか

「そんなにいちいち『きみの悪いねずみ』ってくりかえすことはないのに」

さよはつぶやきながら、仄田くんが書き出した「ぎもん集」を読んでいった。

「きみの悪いねずみ」というくりかえしは確かにくどいけれど、なるほど仄田くんの「ぎもん」は、さよが疑問に思っていることと、ほぼ一致している。

中でも、「もしかしたら全部が夢だったのかもしれない」というおそれについては、さよも仄田くんとまったく同じように感じていた。

あれは、二人で見た不思議な夢ではなかったのか、と。

けれど、エプロンのことがある。

いったいエプロンとは、何のことなのか。そのことを説明するためには、ここで少しばかり時間を戻す必要があるだろう。

時計の針を、えいっ、二十時間と少し。そう。さよと仄田くんが、グリクレルの台

所からこちらの世界に戻ってきた、その時まで、針を巻き戻してみようではないか。

巻き戻したちょうどその時間に、さよと仄田くんは欅野高校から出てきたところである。

しのびこんだのとは逆に、さよと仄田くんは塀の低くなっているところを並んで乗り越えた。

それから、二人は手をつないで走った。

ふだんなら、手をつなぐなんて、思いもよらなかったろう。けれど、さよも仄田くんも、グリクレルの台所から離れるにしたがって、どんどん心ぼそくなってきたのだ。

幸団地の、さよの住んでいる棟のすぐ下まで来たところで、二人は歩をゆるめ、おそるおそるあたりを見まわした。

「ちゃんと、元のように家はあるかな」

「見たところは、変わってないようだけど」

二人はしばらく一緒に並んで、夕焼けを見ていた。いつもよりも夕焼けの色は濃く感じられた。カレーの匂いが、どこからかただよってくる。

「帰らなくちゃね」

さよはつぶやいた。けれどそう言いながらも、さよは名残惜しそうに仄田くんを見ている。

「うん……、そうだね」

仄田くんも、口重く答えた。

ふりきるように、さよは階段をのぼっていった。カレーの匂いが濃くなる。たぶん三階の田村さんのところからのものだろう。母が遅くなる時などには、さよも呼んでもらってお相伴にあずかることがある。でも今日のさよは、大好きなカレーの匂いにも上の空だった。

手すり越しに下を見ると、仄田くんはまだその場にじっと立って、さよを見送っていた。

「またね」

さよは小さく手をふった。

仄田くんも、小さく手をふり返した。

それから、さよは玄関の鍵を、おそるおそる開けた。

まだ母は帰っていなかった。家の中は、いつもと同じである。出がけに脱ぎすてたらしい母のスリッパが、大きく離れたハの字に散らばっている。

さよは、テレビのところまで走っていった。スイッチを押すと、つうん、という音がして、しばし後に画面があらわれた。ニュースの時間だった。でも、ニュースを見ていても、今日が何日なのか、わからなかった。

息をつめたまま、さよは玄関のドアについている郵便受けに夕刊を取りにいった。

がさがさと音をたてて、さよは新聞を開いた。

一九七七年　六月二十五日
それが、夕刊の日付だった。

「今日だ」

さよはつぶやいた。そして、つめていた息をはいた。

「こっちでは、ほとんど時間がたっていなかったんだ」

時計を見ると、六時半をすぎている。

さよは母の鏡台のある畳の部屋に行き、小さな三面鏡の前に立ってみた。

顔も、体のかたちも、表情も、いつものさよだった。さよは三面鏡の一つの面に、ほっぺたを押し当てた。

と、その時、さよは気づいたのである。

「エプロン」

三面鏡は少し高いところにあるので、それまでエプロンはうつらなかったのだ。鏡に顔をくっつけてみて、はじめてさよは自分の腰から下を鏡の中に見ることができた。

なんとさよの腰には、見慣れない大きな白い布が巻かれているではないか。

よくよく思い返してみれば、一緒に走ってきた仄田くんの腰にも、エプロンは巻かれていた。すでにグリクレルの台所で見慣れてしまっていたので、それがふだんと違う姿だとは、さよは思わなくなっていたのだ。

「やっぱり、ちゃんと起こったんだ」

さよは、ゆっくりとエプロンをはずした。それから、ていねいにエプロンをたたみ、誰にも見つからないよう、ランドセルの奥に押しこんだのであった。

そこからまた、時計の針を、十二時間と少しほど進めた、今朝。

梅雨の晴間だった昨日とはうってかわって、朝からしとしとと雨が降っている。朝の散歩は中止になり、さよと母はゆっくりと朝食をとった。

傘からたれてくるしずくをぼんやり眺めながら、さよは学校まで歩いた。

教室に入っていくとすぐに、さよは仄田くんの姿を探した。

仄田くんは、すでに来ていた。

いつもの教室である。男子はかたまってビニールボールで遊んでおり、女子はおしゃべりをしている。

さよを見ると、仄田くんは立ち上がって、さよのそばまですっと寄ってきた。

「お昼休み、体育館の裏に来て」

仄田くんは、耳打ちした。

その日ほど、授業時間が長く感じられたことはなかった。うしろの壁にかけてある時計を、さよは何回でも振り返って見た。

「鳴海さん、どうしたんですか」

担任の斉藤先生に注意されても、さよは時計を見ることを止められなかった。

給食を食べおわると、さよは教室を飛び出した。仄田くんはまだ食べ終わっていなかったが、どうしてもじっとしていられなかったのだ。

雨は小降りになっていた。雑草が、雨にうたれて色を濃くしている。待っている間も落ちつかなくて、さよはしきりに草をむしった。

小走りで仄田くんが到着したのは、それからしばらくたってからだった。

「おそい」

さよが言うと、仄田くんは頭をかいた。

「しょうがないよ、ぼく食べるのがおそいんだから」

「今日は揚げパンだったのに」

「揚げパンは好きだけど、牛乳が苦手なんだ」

「じゃあ、バナナは」

さよは思いついて、聞いてみた。

「バナナも、苦手。でもどうして」

「ううん、なんでもない」

さよはくすりと笑ってしまった。母以外で、バナナがきらいという人間を見たのは、初めてだった。

「で、昨日（きのう）は仄田（ほのだ）くん、あれからどうだった」

気持ちをきりかえて、さよは聞いた。

「なんにも変わりはなかった」

「そうよね、やっぱり時間、たってなかったわよね」

「家の人に、何か話した」

「ううん」

「ぼくもだ」

二人は、静かにうなずきあった。

相談したわけでもないのに、さよも仄田くんもそろって、あの不思議な世界でのできごとを簡単（かんたん）に人にしゃべってはならないと思っていたのである。

そして、今は放課後である。ちょうど今さっき、さよは仄田くんの「ぎもん集」を読み終わったところだ。さよと仄田くんはひたいを寄（よ）せあっている。

「ねえ鳴海(なるみ)さん、どう思う」

仄田くんは、さよの顔をじっと見つめた。さよも、真面目(まじめ)くさって仄田くんを見返す。

(あたしが答えられるのは、二つだけだ)

さよは思う。

一つは、「きみの悪いねずみのごちそうは、見ため通り本当においしいんだろうか」という問いである。

「あのね、とってもおいしかったわよ」

さよは、仄田くんに教えてあげた。

「どうしてわかるの」

仄田くんはびっくりして聞いた。

「ほんのぽっちりだけ、食べてみたの」

「えっ、いつの間に」

実は、ミエルの影(かげ)が台所をおおいはじめ、仄田くんが廊下(ろうか)に出ていってしまったあとで、さよは銀色のボウルに入っていたサラダを、ほんのちょっぴり、つまみ食いしてみたのだ。

それは、まっしろい鶏(とり)の胸肉(むねにく)をそいだものと、マッシュルームと、あおあおとしたいんげんのサラダだった。ああ、なんておいしいサラダだったんだろう。あんなに切羽詰まった時だったのに、さよは恐ろしさも忘れて、心の底からサラダのおいしさを味わったのだった。

「ずるいなあ」

仄田くんはうらやましがった。

「どうして鳴海さんは、きみの悪いねずみの名前を知っていたんだろう」という問いにも、むろんさよは答えることができる。さよはすぐにそのいきさつを仄田くんに教えようとした。

けれど、さよは思いなおして、口をつぐんだ。あの不思議な『七夜物語』の本のことを、はたしてうまく仄田くんに説明できるかどうか、自信がなかったからである。

それよりも、『七夜物語』の実物を見てもらおう。

さよは仄田くんを、欅野区立第一図書館へと連れてゆくことにした。

図書館に着くと、さよはまっすぐに一階の奥の棚の前まで進んでいった。

「その本、出してみて」

さよは言い、『七夜物語』の背表紙を指さした。

仄田くんはゆっくりと手をのばした。そのまま本のわきをつかみ、棚から『七夜物語』を引き出そうとする。

次の瞬間、仄田くんは「あっ」と叫び、手を引っこめた。

「なんだ、これ」

仄田くんは自分の手を見つめていた。

「びりっときたでしょう」

「うん。すごく、びりびりした」

仄田くんの目は、まんまるにみひらかれている。

「なんなの、これ」

「あたしの時も、そうだったの」

「こんなびりびりする本、いやだよ、ぼく」

「だいじょうぶ、びりびりするのは一度だけだと思うから」

おそるおそる仄田くんはまた、『七夜物語』に手をのばした。しばらく迷ったすえ、用心深く本を引き出す。

「今度は平気だ」

仄田くんはつぶやき、表紙をめくった。

「あっ」

ぱらぱらとページをめくりはじめた仄田くんが、急に指の動きを止めた。

「グリクレル」

ページの中ほどにある文字を、仄田くんは読み上げた。

　仄田くんはせわしくページをめくってゆく。さよも、仄田くんの肩ごしに、めくられてゆくページの上の文字を眺める。

「台所」

「試験」

「影」

　さよと仄田くんがあの台所で見聞きした言葉が本の中にあらわれるたびに、仄田くんはめくる指を速めていった。

「鳴海さんは、この本を読んだから、知っていたんだね」

　小さな声で、仄田くんが言った。

「まだ途中までなんだけれど」

　さよも、小さな声で答えた。

「ともかく、ぼくも、読んでみるよ」

　そう言って、仄田くんは真剣なおももちで、『七夜物語』を借り出した。

　夕暮れの中、しっかりと『七夜物語』を小わきにかかえ、仄田くんは帰っていったのである。

「どうしたんだろう、ぼく」

というのが、仄田くんの第一声だった。

さよと仄田くんは、また体育館の裏で話しあっているのだ。

「ゆうべ、ベッドの中で『七夜物語』の途中までをたしかに読んだはずなのに、今朝になってみると全然なかみが思い出せないんだ」

こんなにおろおろした仄田くんをさよが見るのは、初めてのことだった。グリクレルに最初に出くわした時だって、仄田くんはこんな顔にはならなかった。

「もの覚えは誰にも負けないはずなのに」

仄田くんのその言葉に、さよは思わず笑いだしそうになった。たぶん仄田くんは、自慢しているつもりではないのだ。たんに事実をのべている、それだけのつもりなのだろう。

「今日の授業中にも、ぼく、こっそり『七夜物語』を読んでみたんだ」

仄田くんは訴えるように言った。

「授業中になんて、いいの」

「いいんだよ、緊急事態だから」

緊急事態、という言葉に、さよはほんの少しばかり、わくわくした気持ちになる。

「で、どうだったの」

仄田くんはうつむいた。

「やっぱり、だめだった」

どうしても、読んでしばらくしか、『七夜物語』のあらすじや登場するものについて覚えていることができないのだと、仄田くんはしょんぼり言うのだった。

仄田くんはしょんぼりしていたけれど、さよはほっとしていた。もしかすると、さよ『七夜物語』を覚えていられないのは自分だけなのではないかと、今の今まで、さよは不安に思っていたからだ。けれど、そうではないということが、これで証明されたわけである。

仄田くんは続けた。

「どんなにがんばっても、だめなんだ。国語の時間にも、社会の時間にも、道徳の時間にも、算数の時間にもためしてみたんだけど」

さよは今度こそ笑いだしてしまった。そして、笑いながらも、仄田くんがえらい子供だなあと思った。

かつて『七夜物語』のなかみを覚えていられないという不思議な事実に対した時、さよはそのことをじきに受け入れてしまった。そういうからくりなんだろうと、なんとなく納得してしまい、それ以上何も考えなくなってしまった。

でも仄田くんは、一時間めの授業中も、二時間めも三時間めも四時間めも五時間めも、うまずたゆまず、先生に隠れてこそこそと『七夜物語』を読みつづけ、そのたびにいちいち忘れ、それでもあきらめず、何回でも同じことをくりかえしたのである。

「これ、どういうことだと思う」

腕組みをして、仄田くんはさよに聞いた。

「あのね、あたしもおんなじなの」

「えっ」

「『七夜物語』は、決して覚えていることのできないお話なの」

ジージーという鳴き声がふってくる。まだ梅雨は明けていなかったけれど、気の早いセミが、数日前から鳴きはじめていた。

「あの、あたし、もう一度欅野高校に行ってみたらどうだろうって思うの」

さよは言った。

「あの特別教室棟を、もう一度調べてみたらどうかなって」

体育館の壁にとまっていたセミが、ジッ、という音をたてて飛び立った。ゆるい風が吹いて、さよと仄田くんのひざくらいまでのびたタケニグサの大きな葉をゆらす。

「ぼくも、そう思ってたんだ」

さよの言葉に、仄田くんも、大きくうなずいた。

「やあ、さよちゃん、くちぶえは、どう」

親しげにそうしゃべりかけてきた小田切南生を、仄田くんは疑わしそうに見返した。

「南生さんはね、くちぶえ部の部長さんなの。あの、仄田くんです」

そう言ってさよはさっき、二人を引き合わせたばかりだ。

今日の欅野高校は、この前とはうってかわって、にぎやかだった。たくさんの高校生たちが校門から出てくる。校庭では、陸上部らしき生徒たちがトラックをぐるぐる走っていた。野球部の生徒たちがいっせいに素振りをする音も聞こえてくる。

「仄田くんも、くちぶえ部に入りたいのよね」

さよは言った。

ところが仄田くんは、

「まだ決めてないよ」

と、さよの言葉をさえぎるではないか。

さよは困ってしまった。南生がさよと親しそうにしゃべるたびに、仄田くんはこんな調子でつっかかってくるのだ。いったいどうしたというのだろう。

さよは南生の方をちらちらうかがった。気を悪くしていないかどうか、心配だったのだ。けれど幸いなことに、南生の方は、ただ愉快そうにさよと仄田くんを眺めているばかりだ。

「麦子さんは」

さよは聞いてみた。

「もうすぐ来ると思うよ」

南生がそう答えたとたんに、南生の背後から澄んだくちぶえの音が響いてきた。

「やあ」

とあいさつした藤原麦子の半袖のブラウスからは、よく日に焼けた腕がすっとのびている。麦子は、突っ立っている仄田くんを、まじまじと見た。仄田くんも、強い目つきで見つめ返す。

しばらく麦子と仄田くんは、にらみあう二匹の猫のように、目に見えない火花を散らしあっていた。下校する制服姿の高校生たちが、笑いさざめきながら横を通り過ぎてゆく。

やがて麦子は肩の力を抜き、にやりと笑った。

「きみ、いい目をしてるね」

麦子のその言葉に、仄田くんの体からも、急に力が抜けていった。

「あの、あたしたち、特別教室に行きたいんですけど」

ようやく仄田くんがふつうに戻ったので、さよは聞いてみた。

「へんなところに行きたがるのね」

そう言うなり、麦子はすぐに先に立って歩きはじめた。この前は、裏口しか開いていなかったけれど、今日は表の入り口が開放されている。

「ほら、ここよ」

麦子は中を指さした。

廊下がまっすぐにのびている。さよと仄田くんが昨日入ったのは裏口からだったので、今見ている廊下は、ちょうど昨日と反対側から見た廊下ということになる。

「あがってみる」

南生が聞いた。

さよと仄田くんはうなずいた。昨日は靴のままあがってしまったが、今日は二人とも、入り口のところで靴をぬいだ。足の裏がひやひやして、気持ちがいい。

「このすぐ横の階段をのぼった二階は、どうなっているんですか」

仄田くんが麦子に聞いた。

「物理室と視聴覚室があるわよ」

「しちょうかく室って、何ですか」

「スライドを見たり、テレビを見たり、あとはまあ、いろいろ」

「学校でテレビを見るんですか」

「そうよ。高校生は、学校ではテレビ見ほうだいなのよ」

「えっ、そうなんですか」

「冗談よ」

灰田くんと麦子のやりとりをぼんやり聞きながら、さよは廊下の左右を見まわした。どの教室にも何人かの生徒がいて、実験らしきことをしている。

「生物部と化学部だよ」

南生が教えてくれた。

麦子が、階段をのぼってゆく。灰田くんは、後につきしたがいながら、肩をこわばらせていた。さよには、灰田くんの気持ちがよくわかった。さよも、口の中がからからだった。

階段をのぼっていった先には、いったい何があるのだろう。

二人の小さな心臓は、緊張のあまり、どくどく、どくどく、と、激しく打っていた。


「ふう」

と言って、灰田くんは壁にぐったりとよりかかっている。

「ふう」

さよも、肩を落としている。

「どうしたの」

麦子が、不思議そうな顔で聞いた。

どうしたの、という麦子の問いに、さよも仄田くんも答えず、ただ黙っていた。まさか、大ねずみのいる台所を期待していたけれど、そこはただの「物理室」だったから、こんなにもがっかりしているのだとは、言えるわけがない。

「ねえ、仄田くん」

へにゃりと壁に体をあずけている仄田くんに、麦子が話しかけた。

「はい」

仄田くんは、低い声で答えた。

「きみ、ぜひ、くちぶえ部に入りなさいよ。あたし、きみのこと、気に入った」

そう言うなり、麦子はくちぶえを吹きはじめた。

最初のうち、仄田くんはせっかくのうつくしいしらべも耳に届いていない様子で、ぐんにゃりしたままでいた。ところが、しばらくたったところで、仄田くんははじかれたように壁から体を離した。

「あれ、このしらべは」

仄田くんは、さよの方を見た。

さよは、うなずいた。

「これ、ぼく、知ってる」

そう言って、仄田くんは体をぴんとのばした。

麦子の吹いているしらべが、グリクレルの台所でミエルにのみこまれそうになった時にさよが吹いた、あのしらべだったことに、仄田くんは気づいたのである。

仄田くんは、麦子のくちぶえにあわせて、ぽうぽうと音を出しはじめた。

まだやっと音が出るようになったばかりなので、仄田くんのくちぶえは、きれぎれである。でも、仄田くんは必死に麦子に合わせようとした。

「知っているんだね」

南生（なみお）がびっくりしたように言い、麦子と仄田くんに加わって自分もくちぶえを吹きはじめた。

ルルルー。

ポポポー。

ツツツー。

しらべは、だんだん高まってゆく。さよもすぐに、三人に加わった。

トゥトゥトゥー。

ふつうならば、仄田くんとさよのつたないくちぶえは、麦子と南生のうつくしいしらべを、もたもたと邪魔（じゃま）するはずだった。でも、そうではなかった。上手だとか、つたないだとか、そんなことは、このしらべにはなぜだかまったく関係がなかったのだ。

しらべは、ただ吹かれるだけで喜ばしげに響きわたり、ただ吹くだけでうれしい気持ちを呼びおこすのだった。

しばらく、物理室の中は、四人のくちぶえの音に満たされた。

「さあ、授業が始まるから、もう行くね」

南生と麦子がそう言って去ってからも、さよと仄田くんは、しばらくくちぶえを吹きつづけていた。そして、ようやくくちぶえを吹きやめた時には、さよも仄田くんも、たいそう満たされた心もちになっていたのである。

「教室しか、なかったね」

仄田くんが、ぽつりと言った。

「うん」

「グリクレル、いなかったね」

「うん」

「でも、あのしらべは、またふけたね」

「うん」

カーン、というかわいたバットの音が、校庭の方から響いてきた。入道雲が、もくもくと空にわいていた。

夏休みの最初の一週間は、どうしてこんなに早く過ぎ去るのだろうと、さよはいつも思う。

ほんとうはこの一週間で、さよは「夏休みの友」というドリルをすっかりしあげてしまうつもりだったのだ。ついでに図画の写生もささっと描きあげ、自由研究にも手をつけ、八月に入った時にはたいがいの宿題は終わっていて、あとは思う存分好きな本を読み暮らすだけのはずだった。

けれど、どうだろう。

「夏休みの友」は、国語と社会のごく最初の方しか終わっていない。

写生の画用紙は筒のかたちに丸められたままで、自由研究にいたっては、かけらすらも思いついていない。

さよは、あかりちゃんが貸してくれた雑誌「科学」を、畳の上に放り出した。

「仄田くんなら、自由研究も得意なんだろうな」

ひとりごとを言いながら、さよは放り出した「科学」を面倒くさそうに拾いあげる。

「人さまに借りたものを粗末にしちゃあ、だめよ」

いつもさよは、母にそう言われている。

「借りもの」に関しては、母はうるさいのだ。

「あのね、この世の中のだいたいのものは、借りものなのよ」

母は言う。

「そもそもあたしの体だって、あなたの体だって、借りものなのよ」

「体は借りものなの」

びっくりしてさよが問い返すと、母はうなずく。

「そうよ。神さまからのね」

借りものだから、自分の体を粗末にしてはいけないのだと、母は言うのである。

そんなことはない、自分の体は誰かからの借りものなどではなく、れっきとした自分自身なのだと、さよは言い返したくなるのだが、よくよく考えてみれば、「自分」というのは、本当のところどんなものなのだか、考えはじめるとわからなくなってしまう。

さよは拾いあげた「科学」を、ちゃぶ台にのせた。今は昼過ぎである。少し前にさよは、母が作っておいてくれたお弁当を食べ、空になったお弁当箱を洗ったところだ。

さよは少しあせっているのだ。八月に入れば、さよは中野に泊まりに行くことになっている。祖父母と清子おばの住む、中野の家だ。『七夜物語』について、さよは仄田くんともっともっと話しあいたかった。それなのに、夏休みに入ってしまったせいで、さよはなかなか仄田くんと会うことができないでいる。

「公園に行こうっと」

さよは声に出して言い、立ち上がった。一人の声は、いやに大きく部屋の中に響いた。

けれどその日、さよは結局公園には行かずじまいとなる。団地の階段をおりたところで、さよは仄田くんにばったり会ったのだ。夏休みに入って毎日学校のプールに通っているさよは、もうずいぶん日に焼けているが、久しぶりに見る仄田くんは、あいかわらず色白だった。プールは自由参加なので、運動の苦手な仄田くんは一回も来ていないのだ。

「ちょうど鳴海さんのところに行こうと思ってたんだ」

仄田くんは言い、さよのそばに駆け寄った。

「行こう」

仄田くんはさよの手をひっぱった。さよは、めんくらう。

「どこに」

「決まってるじゃないか」

仄田くんは小わきにかかえているノートを、さよに見せた。れいの「ぎもん集」を書きとめてあるノートだ。

「ぼく、すごいことを思いついたんだ」

仄田くんは興奮したおももちである。

「ほら、ここ、読んでみて」

さよの目の前に、仄田くんはページを広げて見せた。

二人
すっごい天国みたいなところ
きょうふ
「なあに、これ」

仄田くんはノートに書きつけてある言葉を、一つずつ指でおさえてみせた。

「これが、『七夜物語』のなかみなんだ」

さよには、仄田くんの言っていることがさっぱりわからなかった。二人。天国。恐怖。もしかしてこれは、何かのゲームなのだろうか。

「だから」

じれったそうに、仄田くんが言う。

「つまり、ぼく、『七夜物語』を覚えておく方法を、いろいろ試してみたんだ」

何回そらで覚えていようと思っても、どうしても『七夜物語』を忘れないでいるのは無理だった。それならば、頭で覚えるのではなく、書き写したらどうだろうと、仄田くんは考えたのだ。

「でもそれも、だめだった」

懸命に書き写して、そして安心して、いったんノートを閉じたとたんに、

「文字はきれいさっぱり消えちゃうんだ」

仄田くんは肩をすくめた。

「まるで魔法みたいに」

魔法。そうだ。『七夜物語』は、魔法の本なのである。さよは、鼻の奥がつんとする。なんて、すごいことなんだろう。ほんものの魔法に出会えるなんて。

「それでぼく、次に違うことを思いついたんだ。文章をそっくりそのまま写すと消えちゃう、それなら、写さないふりをして、こっそり写したら、どうだろうって」

「写さないふりをして、写す」

「そう。ふり。関係ないっていう、ふり」

『七夜物語』の文章をそのまま写すと、消えてしまう。それなら、もとの文章とは違うけれど、もとの文章を伝える、連想させる、ほかの言葉を書けばいいのではないか。

「というのが、ふり、の極意だ」

仄田くんは自慢そうにしめくくった。

「ごくい」

さよは、あらためて仄田くんのノートを見直した。

「すっごい天国みたいなところって、なあに」

さよは聞いた。

「わからないよ」

仄田くんはきっぱりと答えた。

「写したのは仄田くんなのに、わからないの」

「そのとおり」

わからないくせに、仄田くんは自信満々である。

「だって、一番大事なことは、わかってるんだ」

昼下がりのこの時間、風はぱたりとやんでいる。暑さのあまりか、セミも鳴いていない。団地の中を歩く人の姿もない。仄田くんのひたいにも、さよのはえぎわにも、汗がにじんでいた。

「とにかく二人で行動すること。それが、とっても大事なことなんだ」

じりじりと照りつける太陽の下を、仄田くんはさよの手をとって歩きはじめた。半分ひきずられるようにして、さよはついてゆく。

二人の短い影が、並んでゆっくりと動いていた。団地ぞいを走る道路の表面には、水たまりがみえる。このところずっと雨は降っていないのだが。

（逃げ水だ）

さよは思う。

（仄田くんは、そんなにあの世界に行きたいのかしら）

仄田くんのひっぱる力が思いがけず強いことに、さよは少し驚いていた。ほんとうのことを言えば、さよは少し怖かったのだ。魔法のお話は好きだ。でも、ほんものの魔法については、正直なところ、尻ごみしてしまう。

遠くでセミが鳴きはじめた。つられて、あちらからもこちらからも、セミの声が急に聞こえはじめた。

あんなにはりきっていたのに、先に音を上げたのは、仄田くんの方だった。

「冷たいオレンジジュースが飲みたいなあ。麦茶でもいいや。トマトジュースはいやだけど」

ベンチに座りこんで、仄田くんはぶつぶつ言っている。

あれから、さよと仄田くんは、幸団地じゅうを歩きまわったのだ。けれど、何事も、起こらなかった。

次に二人は、欅野(けやきの)高校に行ってみた。トラックに人の姿(すがた)はなく、ただ校舎(こうしゃ)の陰(かげ)で、数人の生徒たちが、アルマイトのやかんで水のまわし飲みをしているばかりだった。特別教室棟(とう)の表扉(とびら)には鍵(かぎ)がかけられ、裏手(うらて)の扉もかたく閉(と)ざされていた。

最後に二人は、宵(よい)の森にやってきた。

ここにも、人の姿(すがた)はなかった。

この暑い中を歩きまわってきたので、ひどく疲(つか)れていたさよと仄田(ほのだ)くんだったが、宵の森の土の道を踏(ふ)んだとたんに、足はすうっと軽くなった。

いつもの宵の森なのに、なぜだか、まるで初めて来る場所のようだった。

そのまま仄田くんとさよは、進んでいった。

予感がした。

やがて、行く手に低い丘(おか)があらわれた。

宵の森には、丘はない。けれどももっと以前、ここが宵の森に均(なら)される前の、ただの原っぱだったころには、丘があった。丘といっても、ゆっくりと歩いてのぼっても、てっぺんまで数十秒ほどでたどりつくような、わずかなふくらみである。さよはしょっちゅうダンボールを橇(そり)がわりにして、その丘を滑(すべ)りおりる遊びを楽しんだものだった。

「丘が、ある」

仄田くんがつぶやいた。

「のぼってみる」

さよは聞いた。聞いてはみたけれど、それはただの確認のようなものだった。さよも仄田くんも、自分たちがこの丘にのぼるだろうことを、よく知っていた。この、今はあるはずのない、昔の丘に。

仄田くんの手が汗ばんでいる。あるいは汗をかいているのは、さよの方かもしれなかった。

丘をのぼりきるまでには、ずいぶんと長い時間がかかったように思われた。それとも、それはほんの一瞬のことだったのかもしれない。

気がついてみると、そこはもう、宵の森ではなかった。

丘ですら、なかった。

そこは、闇の中だった。

「夜だ」

仄田くんがつぶやいた。

「夜ね」

さよも小さな声で言った。

あたりはしんとしている。二人の声はすぐにしじまの中に吸いこまれ、驚くほどの深い静けさが二人を厚くとりまいた。

闇の中に、ただ一本の街灯が立っている。さよと仄田くんは、おぼつかない足どりで街灯のところまで歩いていった。

円形に光のさしている足もとを見ると、石だたみが敷かれている。光がとぎれるところまで、石だたみは続いていた。その先も、ずっと石だたみは敷かれているのだろうか。確かめようにも、闇が深くて確かめようがなかった。

街灯の柱は、緑色に塗られている。欅野区にあるふつうの木製の電柱とは、ずいぶん違うものだ。柱のてっぺんに優雅にひらいている電灯のかさは、水仙の花のかたちをしていた。

しばらく、二人はじっと立っていた。

けれど、何も起こらなかった。

闇の中には、何の気配もなかった。グリクレルの気配も、ミエルの気配も、なかった。あのうす闇のグリクレルの台所にはあった命のいぶきが、ここにはまったく感じられないのだった。

またしばらく、二人は待った。

誰も、来ない。

何も、起こらない。

「鳴海さん」

「なあに」

そうやって互いを呼びあっても、二人の声はすぐに闇にすいこまれ、声を出す前よりも、いっそうあたりは静まりかえってしまう。

「鳴海さん」

「なあに、仄田くん」

何回めになるだろう、二人は気力をふりしぼって、呼びかけあった。ここがあんまり静かなので、どんどん気持ちが沈んでゆき、次第に口を開くことができなくなってしまうのだ。

「少し、歩いてみようよ」

「うん、あたしも、そう思ってた」

「まっくらだけど」

「この街灯を目印にすれば、すぐに戻ってこられるわよね」

手をつなぎ、二人は暗闇の中を歩きはじめた。

いっぽ、にほ、さんぽ、よんほ、

声にだして、二人はゆっくりと歩いていった。足の裏には石だたみの感触がある。石だたみは、でこぼこしている。

きゅうほ、じっぽ、

突然、さよはでっぱった石につまずいた。その瞬間、さよと仄田くんの手が離れた。

「仄田くん」

さよは呼びかけた。

「ここだよ」

答えがくる。

さよは声のした方へと顔を向けようとした。

ところが、どうしたことだろう。さよには、仄田くんの声がどちらから聞こえてくるのか、まったくわからなくなってしまったのだ。

「仄田くん」

もう一度、さよは呼んだ。

「ここだよ」

ふたたび同じ答えがきた。

声は、うしろから聞こえてくるように思われた。同時に、右からも。また同時に、左からも。前からも。もっと不思議なことには、下から聞こえてくるようにも、上からのようにも、感じられるのである。

「仄田くん、動かないで」

「動いてないよ。鳴海さんこそ、動いてるんじゃないの」

「ううん」

「でも、声があっちからも、こっちからも」

驚いたことに、あらゆるところから聞こえてくるように感じているのは、さよだけではないようなのだった。仄田くんも、さよの声を、四方八方に聞きとっているようではないか。

そのうちに、自分の体が、どちらを向いているのだか、さよにはさっぱりわからなくなってしまった。さよの体は、両の足を石だたみの上に踏みしめて、まっすぐに立っているはずだ。その証拠に、石だたみのひんやりした冷気が靴の裏ごしに確かに伝わってくる。それなのにさよは、いったい自分が縦になっているのか横になっているのか、さかさになっているのかうつぶせになっているのか、わからなくなってしまったのである。それもこれも、あらゆる場所から響いてくる声のせいに違いない。

そのまま目を閉じてしゃがみこんでしまいたいところを、気力をふりしぼってさよは呼びかけた。

「ねえ仄田くん、街灯のところまで戻ろう」

街灯は、ずいぶん遠くに感じられた。二人で手をつないで闇の中に歩きだしてから、まだ十歩までしか数えていないはずなのに、水仙のかたちをした街灯は、はるか彼方のもやの中にかすんでいるのである。

さよは、柱にしがみつくようにして、仄田くんが戻るのを待っているところだ。

自分が戻ってきた方向を、さよはじっと見つめていた。

でも、仄田くんの姿はちっともあらわれなかった。

その時だ。じりじりとして待ちつづけているさよの肩に、何者かが、背後からそっとふれてくるではないか。

「きゃあっ」

さよは叫んだ。

「そんな大声を出さないでよ」

背後の何者かが、言った。

さよは、おそるおそるうしろを振り返った。

声の主は仄田くんだった。

「どうしてそんなに驚くの」

「だって、あたしたち、こっちの方に歩いていったはずじゃない」

さよは、自分の正面を指さした。

「でも、仄田くんは反対側から帰ってきた」

「反対側って、なにさ。ぼくは、まっすぐそのまま歩いてきただけだよ」

「だけど、あたしは、こっちから帰ってきたのよ」

「ちがうよ、ぼくたち、あっちの方に歩いていったんだよ」

そう言いながらさよと仄田くんがそれぞれ指さしているのは、まったく正反対の方向だった。

さよは仄田くんの顔をじいっと見た。さよをからかっている顔ではなかった。

仄田くんも、さよの顔を見返した。

二人は、しばらく目と目を見かわしていた。

夜の世界に来るのも、もう二回めである。二人には、なんとなくわかってきていた。この世界では、向こうのいつもの世界ではあたりまえのことが、あたりまえではなくなるということが。

あったはずの階段(かいだん)が、なくなってしまう。

いるはずのない、もの言うねずみが、大手(おおで)をふって活躍(かつやく)する。

物理室が、台所になっている。

さよは、ぶるっと身をふるわせた。さよたちの世界は夏だったけれど、ここ、街灯の立っている夜の世界は、どうやら夏ではないようだ。寒いというほどではなかったけれど、むきだしになった腕が、次第にちくちくと冷えてゆく感じがする。

「街灯、きれいね」

さよは寒そうに言い、水仙のかたちのかさを見上げた。

街灯は、またたきもせずに、石だたみの上にクリーム色の光をまるく広げている。

その声が聞こえてきたのは、しばらくたってからのことだった。

「誰かが泣いている声なのかな」

仄田くんが言った。

「えっ、あたしには笑っている声に聞こえる」

「笑い声には、ぜんぜん聞こえないけどなあ」

「でも、泣き声じゃあないと思う」

さよと仄田くんは、いったん口をつぐんで、必死に耳をすませた。なぜなら、ずいぶんと大きく感じられる声なのに、その声をとらえているのは自分の耳ではないような気がするからだった。妙なことに、声は外から聞こえてくるのではなく、耳の内側だけで響くように感じられた。

（耳の奥を流れる血の音みたい）

さよは思った。寝入る前に、枕にぎゅっと耳を押しつけた時に聞こえる、あの潮騒のような音と、その音はよく似たリズムをもっていた。

笑い声のように聞こえる、と最初さよは思ったけれど、よく聞いてみれば、仄田くんの言うようにそれは泣き声のようにも思えてくる。

すると、仄田くんも言うではないか。

「鳴海さんの言ったとおり、泣き声だけじゃなく、笑い声みたいなものも、まじってるね」

仄田くんがそう言うやいなや、今度は声はふつうの言葉をしゃべりはじめた。

「おいで」

声は言った。

「こっちへ、おいで」

さよも仄田くんも、反射的に身がまえた。けれどその一方で、二人の頭はなにやらしびれたような感じになってくるのだった。

(おいでって言ってるんだから、行こうかしら)

さよは、うっとりと思った。

(そうだよ、行けばいいんだよ、きっと)

仄田くんも、気持ちよくなってきてしまう。

二人の体が、自然に動きはじめた。

やがてさよと仄田くんは、暗闇の中へと踏み出した。さよはあちらの方へ、仄田くんはこちらの方へ。なぜなら、二人の内なる声の示す方向は、正反対だったからである。

別れ別れの方向に踏み出しても、二人はなぜだか何の不安も感じなかった。そのまま二人は、するすると暗闇の奥へ分けいっていった。

その館は、闇の中に浮かんでいた。同じかたちの緑色の街灯が館のまわりをぐるりと取り囲んでいて、館ぜんたいを柔らかく照らしだしている。

切り妻屋根の洋風の館なのだが、屋根は瓦でふかれており、玄関の横に棕櫚の木が植えられているのが、ものなつかしい。父と母と三人で住んでいたころ、風邪をひくと行った小児科の医院が、ちょうどこんな洋館ふうのしつらえだったことを、さよは思い出した。

門から玄関に続く敷石を、さよはとんとんと踏んでいった。気がつくと、声はやんでいた。かわりに館の玄関が、さよをさし招くようにきらきらと光っている。

玄関の扉には、きれいなステンドグラスがはめこんであった。

ステンドグラスは、さよが動いてゆくにしたがって色を変えてゆく。赤からだいだい色に、だいだい色から黄色に、そして緑に、紫にと、プリズムで分解された光のように、次々に色はうつろっていった。

さよは、そうっと玄関を開けた。

たたきには、一組の靴がきれいにそろえてあった。

「仄田鷹彦」という名が、かかとのところに書いてある。

さよも運動靴を脱ぎ、仄田くんの靴の横にそろえた。

正反対の方向に別れてきたのに、いつの間にか仄田くんと同じ場所にたどりついたことを、さよはぜんぜん不思議に思わなかった。おいで、というあの声を聞いてからは、ずっとこんなふうだ。頭も体も、しびれたようになって、すべてのことがふわふわしている。

館の中は、古い家の匂いがした。床板がぎいと鳴り、さよはまた昔行った小児科の医院を思い出す。医院の待合室にも、床の鳴る場所があった。どんなに熱が高くても、幼いさよは必ずかかとでそっとその床板を踏んで、音をさせなければ気がすまなかった。

「仄田くん」

さよは小さな声で呼んでみた。答えはなかった。

玄関のすぐ横の部屋の扉が、開いている。

そっとのぞくと、白い背布のかけられた二人がけのソファーがあった。ソファーの前の小机には、野バラがいけられている。

さよは思いきって部屋に踏みいってみた。人の姿はないのに、ついさっきまでよく知っている誰かがここにいた気配がした。

さよはソファーに腰かけた。

一人きりで見知らぬ場所にいるというのに、さよはいかにもくつろいで、のびのびした気分になっていた。だから、自分の体の中からまたあの声がしてきた時にも、さよはまったく驚かなかった。

「おかえり」

声は言ったのだった。

さよはもう、このソファーにずっと座っていたかった。ふわふわした気分のまま、小机の上の野バラを眺めていたかった。野バラは、うつくしかった。

けれど、声はさらに誘った。

「茶の間には、こたつがあるよ」

こたつ。そういえば、ここは少し寒い。こたつがあるのなら、中にもぐって、ちょっとだけうとうとするのも悪くないではないか。ソファーに座って、体を軽くゆすり、ぎい、ぎい、という音と、体の揺れを、ずっと楽しんでいたくもあったけれど、こたつはさらに魅力的だった。

茶の間は、短い廊下を行ったその先にあった。ふすまを開くと、半畳ほどの細長い板の間があり、その向こうに四畳半がつづいている。

こたつには、仄田くんがのんびりとした様子で座っていた。

「ああ、鳴海さん」

仄田くんは言い、手を上げた。

さよは首をかしげた。なぜなら、手を上げた仄田くんの顔つきが、いつもの仄田くんとは少し違っているように感じられたからである。けれど、頭に靄がかかったようになっているさよには、仄田くんの何が違っているのか、わからなかった。

さよは、仄田くんの向かいのざぶとんに陣どった。こたつはたいそう暖かかった。もう二度と出たくなくなるくらい、暖かかった。

いつの間にか、仄田くんはこっくりこっくりしている。

さよも、眠くなってきた。

仄田くんが寝息をたてはじめた。そういえば、と、さよは思う。ミエルがあらわれた時にも、仄田くんはこうして寝息をたてていたのだった。

（あの時は、怖かった）

遠い記憶をまさぐるように、さよはぼんやりと思い返す。グリクレルの台所に行ったのは、ついこの前のことのはずなのに、記憶はかすかで、いやにあいまいだった。

（あれから、ずいぶん長くたってしまった）

うつらうつらしながら、さよは思っている。

大昔、ごく幼いころに、あたしと仄田くんは妙な冒険をした。

そこには大きなねずみがいて、あたしたちはもう少しのところでおしまいになるところだった。

あたしたちは勇敢だった。二人で力をあわせてへんな影を退治した。

でも、どうやってあたしたちは影を退治したんだっけ。

だいいち、あの影って、退治するような悪者だっけ。

でも、あたしと仄田くんで、

仄田くんって、誰だっけ。

あれ、あたしは今、どこにいるの。

そもそもあたしって、誰だっけ。

あたしの名前は……。

甘い眠りに落ちてゆきながら、さよは必死に自分の名前を思い出そうとしていた。

名前は……。

両のひじにささえられたさよの頭が、ことんとこたつの天板に落ちる。さよ、という自分の名前を、さよは思い出すことができなかった。すでに眠っている仄田くんの腕に、さよの指先がふれる。うん、と仄田くんはうなり、一瞬目を開きかける。

でも、そこまでだった。

仄田くんは目を覚まさず、眠りはより深く二人をとらえた。

しんと静まった館の中で、さよと仄田くんの寝息だけが、規則正しく響いている。今この瞬間、二人が迷いこんだこの館の中には、生きている人間は、さよと仄田くんしかいない。その二人も、こうして眠りこんでしまっている。

だから、これから先の光景は、二人が見ることのできなかった光景なのである。

応接間の花瓶にいけてある野バラが、散りはじめている。

つい先ほどまでは、つややかな花びらを、たわたわと咲きほこらせていた野バラだった。

それなのに、見る間に野バラの花びらは色を失ってしおれてゆくではないか。

しんなりとしおれた花びらは、外側から一枚、二枚、三、四、五枚と、つぎつぎに散ってゆく。

少しすると、葉がちりちりと丸まりはじめる。

ちぢれきった葉は、あっさりと枯れはてた。

最後に残った茎も、あっという間に水気をなくし、さびた茶色のものとなり、やがてこまかな粉となって、空に散っていった。

数分の間に、野バラは霧散してしまった。

空になった花瓶に、いつの間にか茶色い棒のようなものが立っている。

こころぼそく立つ、細い茶色の棒。

そうだ、それはさきほど朽ちて散ってしまった野バラの、枯れた茎なのである。

ところが、どうしたことだろう。

いったんは空に霧散した茎が、今度は次第に水気を取り戻してゆくではないか。

やがて枯れた葉は小さくよみがえり、さらには少しずつ生気を得て広がってゆく。

広がりはじめてからは、速いものだった。

あっという間に、枯れ葉だったものは緑をなし、ふさふさと茂った。

同時に、散っていった花びらも、一枚ずつ戻ってくる。

しまいに野バラは、元と同じはかなげで清楚な花束となって、花瓶の中に完全によみがえった。

いったん枯れて、けれどまた時間をまきもどしたかのようによみがえる野バラ。

誰(だれ)も見なかったこの光景は、この館の中で、いくたびでもくりかえされる。

さよと仄田(ほのだ)くんは、決して見ることのない光景。

けれどもしかすると、いつか、さよと仄田くんの知らない誰かが、この光景を見ていたかもしれない。

それはいったい、誰だったのだろう。


気がつくと、さよは館の前に立っていた。

その館は、闇(やみ)の中に浮(う)かんでいた。同じかたちの緑色の街灯が館のまわりをぐるりと取り囲んでいて、館ぜんたいを柔(やわ)らかく照らしだしている。

切(き)り妻(づま)屋根の洋風の館なのだが、屋根は瓦(かわら)でふかれており、玄関(げんかん)の横に棕櫚(しゅろ)の木が植えられているのが、ものなつかしい。父と母と三人で住んでいたころ、風邪(かぜ)をひくと行った小児科(しょうにか)の医院が、ちょうどこんな洋館ふうのしつらえだったことを、さよは思い出した。

門から玄関に続く敷石(しきいし)を、さよはとんとんと踏(ふ)んでいった。気がつくと、声はやんでいた。かわりに館の玄関が、さよをさし招(まね)くようにきらきらと光っている。

おかしい。

ぼんやりした頭で、さよは思った。

前にもさよは、この館に来たことが、あった。

たしかに、あった。

そうだ。その時もさよは、この玄関を開けたのだった。たたきには、一組の運動靴がきれいにそろえられていたはずだ。

さよは、目の前の玄関の扉に手をかけた。そして、開いた。

「仄田鷹彦」という名の書いてある運動靴が、きれいにそろえられていた。

おかしい。ふたたびさよは思う。

これは、はじめてのことではない。いつかあったことだ。

さよは運動靴を脱ぎ、仄田くんの靴の横にそろえた。

ソファーの部屋の前を通り過ぎ、さよは茶の間に踏みいった。仄田くんがこたつにあたっている。さよは仄田くんの向かいに座り、やがて仄田くんは寝いった。そして、さよも……。

気がつくと、さよはまた館の前に立っていた。

館はやわらかな街灯の光に照らされている。

さよは玄関を開けた。

仄田くんの靴があった。

またここに来てしまったと、さよはぼんやり思う。

さよはこたつに入った。

こたつは暖かかった。誰かの大きな腕の中にいるようだった。小さなさよを胸もとに抱き寄せてくれる、しっかりとした腕。

その腕のことを思うと、さよは急に泣きたくなってきた。

そういえば、ここしばらくさよは泣いたことがなかったのではないか。

ころんで泣くことは、たまにある。悲しい本を読んで泣くことも。

けれど、今のような気持ちで泣きたくなったのは、久しぶりのことだった。

痛くて泣くのではない、お話の中の誰かがかわいそうで泣くのでもない、お腹の底からえんえんと気持ちよく声をだして自分のために泣く、そんなふうにさよは泣きたくなったのである。

さよは、泣いてみた。

「えーん、えーん」

自分の泣き声を聞いて、さよは少しばかり恥ずかしくなった。

（でも、ここには誰もいないから。仄田くんも眠っているから）

泣いているうちに、さよはさらに泣きたくなってきてしまった。赤んぼうのように、さよは泣いた。おおっぴらに、泣きつづけた。泣いている間に、さまざまなことが、車窓から見る風景のように、さよの心の中にあらわれては消えた。

四年生になってから、あかりちゃんとほとんど遊ばなくなったこと。

体育の時間に二人組になる時に、ときどきさよが一人で余ってしまうこと。

母が仕事で遅くなる時、ことに夜の七時を過ぎるころに、いやに時間の進みかたが遅くなること。

父が家から出ていった日は、よく晴れて雲ひとつなかったこと。

大事だったピンどめを、校庭のどこかに落としてなくしてしまったこと。

館には淡い光が満ちている。さよはいつまでも泣きつづけた。人の気配はないのに、まるで誰かがやわらかな手で、自分の背中をさすってくれているように、さよには感じられた。その手は、少しばかりやわらかすぎるし、へんにぺったりとした感じもあったけれど、背中をさすられているうちに、それも気にならなくなってしまうのだった。


館は、街灯に囲まれていた。

さよは、玄関を開けた。

茶の間までの、短い廊下を歩いた。

そして、こたつに入った。

ああ、このくりかえしはもう三度めだ。いや、もしかするともっともっと何度もくりかえされたことなのかもしれない。

こたつには、仄田くんがのんびりとした様子で座っている。

仄田くんの顔つきが、いつもの仄田くんとは違っている。

さよには、わかってしまった。仄田くんのどこが違っているのか。

仄田くんは、幼くなっているのだ。

もの覚えがよくて、理屈っぽくて、運動が不得意で、そのことを気にしていて、でも気にしているということを人に気づかれたくない、仄田くん。本好きで、物知りで、あまり頼りにならないのではないかと危ぶんでいると、逆に突然たのもしい仲間になってくれる、仄田くん。

そういう、なかなかに複雑なところのある仄田くんだったはずなのに、こたつにあたっている今の仄田くんは、まるで生まれたばかりの子供のような平らかな表情をしているのである。

無心で、かげりのない、赤んぼうの表情。

さよはぼんやりと、仄田くんを見た。

「ああ、鳴海さん」

世にもくったくなく、仄田くんが話しかけてくる。

さよは何も答えることができなかった。

仄田くんは目をみひらき、不思議そうにさよを見ている。

「ああ、鳴海さん」

もう一度、さもうれしそうに、仄田くんは言った。

さよは必死に眠気をこらえていた。

この場所でのいちばんの問題は、眠気なのだ。何かを考えようとすると、悩みはじめようとすると、すぐにやってくる眠気。

こうやってこの眠気のことを考えることも、何度めかなのだと、さよはもう知っている。館の玄関に立ち、このこたつまでやってくる、そのことをさよはすでに、十回はくりかえしているにちがいない。いや、もしかするとそれは、百回、千回と、気が遠くなるほどくりかえされたことなのかもしれない。

この場所にいるのは、なんて気持ちのいいことなのだろう。

玄関から茶の間までの、短い廊下の踏みごこち。

野バラのいけてある部屋を、そっと外からのぞいた時のときめき。

さよに呼びかけてくる、仄田くんのやわらかな声音。

こたつにあたった時の、足のぬくみ。

何もかもが、たとえようもなく心地いい。

もう、何も考えなくていいんだよ。面倒なことはすべて忘れて、寝いってしまえばいいんだよ。この館にいると、いつも誰かからそうささやかれているような気分になってきてしまうのだ。

（この感じを、でも、あたしは知っている。ここに来る前から）

さよはぼんやりと思う。

そして、一つの記憶がさよの体の奥底からぽうと浮かびあがってくる。

母と清子おばが、二人でお茶を飲んでいる。

あれは、父がまだ家を出てゆく前のことだった。

さよは二人の仲間に入りたいと思った。だから、母のひざにのぼっていった。

「こらこら」母は言った。

さよはかまわず、母のブラウスの胸に顔をおしつけた。

のぼってきたさよをひざの上にのせたまま、母は清子とひそひそと話を続けた。

さよはつまらなくなって、ちゃぶ台をたたきはじめた。それでも母と清子は話をやめなかった。

さよは突然泣きだした。怖くなったのだ。

母も清子も、怖い声を出していたわけではなかった。けれどさよはとても怖かった。早く二人に話をやめてほしかった。

泣いているさよの背中を、母がとんとんと叩いた。

「いいこね。だいじょうぶよ、だいじょうぶ」

やさしい声だった。けれど怖さは去らなかった。さよはさらに激しく泣いた。

しかたなさそうに、母はブラウスの胸をはだけ、さよに乳をふくませた。もうさよはとっくにおっぱいを卒業していたけれど、ときおりさみしくなると、母のおっぱいをほんの気持ちばかりすうことがあったのだ。くちびるが母の乳をさぐりあてると、さよは夢中で母の乳房にくちびるを寄せた。

さよは急に安らかな気持ちになった。

いつもより、さよは強くすった。どうして自分が先ほどぐずっていたのだか、すでにさよは忘れていた。母と清子は、またしゃべりはじめた。さよは眠くなってきた。乳から顔をはずし、さよは母と清子を見上げた。

突然、母と清子の顔が変わった。

母と清子は、今までさよが見たことのない表情をしていた。とても怖い顔だった。

さよはふたたび泣きだした。あらあらさよちゃん、どうしたの。母がさよをあやした。するとまたさよは、わからなくなった。どうして自分は泣いていたのだったっけ。

さよは母の胸に頬をすりつけ、自分自身の中にきゅうっともぐりこむ気持ちになっていった。眠気がきた。とても気持ちがよかった。

さよはかすかに思っていた。あの「怖いもの」をちゃんとつきとめなくては、と。

それなのに、さよはどんどん眠くなってしまうのだ。

もう何も考えなくていいんだよ。母のおっぱいをすっていると、誰(だれ)かのそんなささやきが聞こえてくる。

怖いものは、みんな追いはらってもらえる。

いやなことは、見なくてすむ。

かなえられなかったことは、すぐに忘(わす)れるよう、みちびかれる。

この館と、同じだった。

結局あの時のさよは、「怖いもの」がいったい何だったのかをつきとめるずっと前に、気持ちよく寝(ね)いってしまった。

今のさよは、うすうすあの「怖いもの」の正体を知っている。それはきっと、父にかんすることだ。父と母との、ことだ。

さよは必死に眠気と戦う。けれど眠気は去らない。世界にあるいやなことからさよを遠ざけようと、やさしくやさしく、眠気はさよを抱(だ)きしめるのである。

「仄田(ほのだ)くん」

さよは大声で呼(よ)びかけた。

眠っている仄田くんのまぶたが、ぴくりと動く。

「ねえ、起きて」

「やだあ」

舌足らずな調子で、仄田くんは答えた。まだ目は閉じたままだ。

「やだあ、じゃないでしょ」

聞き慣れない仄田くんのその甘えた口調に、さよは思わず笑いだしそうになり、すると眠気が一瞬去った。

仄田くんは大きな人形のように、こたつの天板に頭をぐったりともたせかけている。

「こら、仄田鷹彦」

さよは怖い声を出してみた。そして、わざと悪口めいた呼びかけをしてみた。

「この頭でっかち坊主」

仄田くんは反応しなかった。

それならばと、自分ならばいっぺんに飛び起きるだろう好物――さよは、炊きたてのご飯にそれをたっぷりのせて食べるのが、大好きなのだ――を、口にしてみる。

「おいしい塩辛があるわよ」

仄田くんはぴくりとも動かなかった。

「まぐろのおさしみもあるわよ」

まぐろの赤身は、母の好物である。けれど仄田くんは動かなかった。

ならば、この世界への入り口を探しまわっていた時に仄田くんが欲しいと言ってい
た飲み物はどうだろうか。

「冷たい冷たいオレンジジュース」

仄田くんの口が、かすかに動いた。聞きとれないほどの声で、何かをつぶやく。

急いでさよは耳を寄せた。

「ももんが」

「えっ」

「ももんがはねえ、むささびよりもちっちゃいんだよ。ねえ」

いったい仄田くんはどんな夢を見ているのだろう。

さよはだんだん面白くなってきてしまった。

「それじゃあ、アイアイは。アイアイならどう」

さよの問いかけに対して仄田くんが口にしたのは、ももんがともむささびともアイ
アイともまったく関係のない言葉だった。

「おじいちゃんは六十五歳」

さよは少し考えてから、仄田くんが不得意としていることについて訊ねてみることにした。

「ドッジボールって、どう」

仄田くんの答えは、こうだった。

「とがってる、とってもとがってる」

一瞬目をあけ、仄田くんははっきりと答えた。答えている仄田くんのひたいには、しわが寄っている。少しばかり苦しそうだ。

そういえば、さよはいつか清子おばに教えてもらったことがある。寝言を言っている人と会話をつづけては危険だ、と。けれどさよは、面白さのあまり自分を止めることができなかった。仄田くんの耳もとに口を寄せて、さよはささやいた。

「グリクレルがまたやってきて、すごくむずかしい試験をするって」

いったい仄田くんがどんな反応をするのかと、さよは待ち受けた。わっと叫ぶのか。それとも夢の中の仄田くんはグリクレルのことなどすっかり忘れてしまっているのか。けれど仄田くんの答えは、さよが思いつきもしないものだった。

「けっこんは、ゆるして」

仄田くんは、ひどく苦しそうだ。

さよは笑いながら、仄田くんに呼びかけた。

「わかったわかった。ゆるしてあげるから。早く目を覚まして。こっちに戻ってきて。そしてあっちの世界に帰る方法を見つけて、戻れたら冷たいオレンジジュースを飲もう」

数秒後、仄田くんは目覚めた。ねぼけまなこのまま、仄田くんはさよをじっと見つめていた。それから、さも言いにくそうに、こう言った。

「鳴海さん、けっこんゆびわは、ダイヤモンドじゃないものにしてよ。高いから」

「将来のことを考えると、目が覚めるみたいだなあ」

仄田くんがあくびをしながら言う。

「それから、苦手なものも、眠気をはらうわよ」

つられてあくびをしながら、さよもつぶやく。

少しでも黙っているとすぐさま寝いってしまうので、さよと仄田くんは、ずっとしゃべりつづけているのだ。

眠りを誘うこたつからも、二人は注意深く離れることにした。それでもすぐに眠気はやってくるので、片方がうとうとしはじめたなら、もう片方は思いきり相手をつねっていいということに決めた。

「それにしても、ものすごく気持ちいいよね、ここで眠るのって」

仄田くんがうっとりと言う。とたんに仄田くんのまぶたが、目玉のまんなかへんまで落ちてきた。

「だめよ、眠ることを考えちゃ」

「でも、どうして眠っちゃいけないの」

「だって、そうしたら、きっと一生ここからは出られない」

「いいじゃない」

言っているそばから、仄田くんのまぶたはどんどん閉じてゆく。

「ダイヤモンド」

さよは叫んだ。

仄田くんはぱっと目を開いた。ダイヤモンドの指輪を結婚相手に贈ることに、よほど不安を感じているらしい。

それから何回、さよは仄田くんをつねったことだろう。むろん仄田くんも、さよをつねったり、悪態をわざとついてみたり——「かわいこちゃん」というのが、仄田くんの、さよに対する悪態だった。あからさまなけなし言葉だというわけではないのに、そう呼ばれるたびに、なぜだかさよはひどくかちんとくるのだった——した。

しまいに二人はようやく、眠気から逃れるにはこの館から出てゆけばいいのではないかということに気づいた。

「どうしてもっと早く思いつかなかったんだろう」

灰田くんが首をかしげている。さよがつねった跡が、灰田くんの色白の腕にてんてんとついていた。さよだって何回もつねられたのだけれど、よく日に焼けたその腕には、何の跡も残っていない。

(灰田くんの方こそ、「かわいこちゃん」じゃない)

さよはひそかに思う。

館の外に出ることを思いつけなかったのは、たぶんあの「声」のせいなのだと、さよにはわかっていた。けれど、そのことを説明するだけの気力が、今のさよにはない。灰田くんを起こすために、ちょっとした悪態をつくときには、一瞬だけ元気が出るのだが。

「じゃあ、すぐに行こう」

さよは言い、さっそく立ち上がった。

灰田くんの先に立ったさよがふすまを開けると、すぐそこに玄関が見えた。さよは小走りに玄関まで走った。そのまま運動靴につま先をいれながら、さよは振り向く。

灰田くんの姿が、なかった。

ぎし、ぎし、という音が聞こえる。

あれはきっと、ソファーの部屋に入ってそこに座った灰田くんが、ゆっくりと体を揺らしている音にちがいない。

「だめよ、そんなところに入っていっちゃ。早く一緒に外に出よう」

さよは声をかけた。けれどその声はいかにも小さくて、とても仄田くんに届きそうもなかった。

さよもまた、眠くなりはじめてしまったのだ。靴をはきかけたまま、さよは上がり框に寝そべりたくなる。

（仄田くん、もうすっかり眠りこんじゃったのかな）

ソファーのスプリングの音は、もう聞こえてこない。さあ、そんな「かわいこちゃん小僧」のことなんか忘れて、おまえも早くおやすみ。誰かがささやいている。

全部忘れてしまえばいいんだよ。あっちの世界のことなんか、全部。

おまえは一学期がたっても、クラスに「仲良し」ができていないじゃないか。

家には父親がいなくて、母親だって夜にならなきゃ帰ってきやしない。

学校にも家にも、もう戻らないほうがしあわせなんじゃないのか。

声は、さよの心にささやきつづけた。

そうかもしれないと、さよは思う。このまま何も考えずにずっと眠っていれば、このひっそりとした平和な館の中で眠っていれば、さよを悲しませたり心配させたりするものは、全部素通りしてしまうのだ。

学校なんて、きらい。

母さんも、どうでもいい。

父さんは、ずるいし。

さよの心の中の小さなさよが、ものうげにつぶやく。

足をぶらりとたたきにおろしたまま、さよは腰から上を廊下に投げ出してしまった。

もう、帰らない。

ずっとここにいる。

そして、すべて忘れてしまえばいい。

さよはふたたび寝いってしまった。

さよと仄田くんの安らかな寝息だけが、館の中に響いている。寝息を聞く者は、誰もいない。

「さよちゃん」

声がした。

「かなあみちゃん」

もう一つの声もする。

この館に来なさいと、眠っていていいんだよと、今までさよをずっと誘惑しつづけていた声とは、あきらかに違う二つの声だった。

さよの体がびくりと動く。

「眠っていちゃ、つまらないわよ」

「楽ちんだけど、つまらない」

ふつうにしゃべっているのだけれど、二つの声はまるで奏でられる音楽のようにすずしく響いてくる。

「ねえ、大きくなって一番にしたいことは、なに」

響きあう声が聞いた。

夢の中で、さよはその答えを考える。

母がときどき着ているような、すそがふわりと広がったワンピースを着てみたい。

くちべにも、ぬってみたい。

飛行機に乗って、エジプトに行きたい。

塩辛を、いやというほど食べてみたい。

カスタードではなく生クリームだけの入ったシュークリームを、毎日一つずつ食べたい。

犬を十四匹と猫を十四、金魚は水槽にいっぱい、あとはカメとトカゲと毒グモを山ほど飼いたい。

そこまで考えて、さよは突然腹がたってきた。

「どうして母さんは、金魚一匹でさえ飼わせてくれないの。あたしがちゃんと世話をするって言ってるのに」

夢の中で、さよは叫んだ。

眠っているさよのまぶたが、かすかに動く。ぐったりと横たわっている体も。叫んでいるのは夢の中だったけれど、どうやらさよは実際にも声を出していたらしい。自分の声で、さよは眠りから半分さめた。

「金魚じゃなく、カメでもいいのに」

もう一度、さよは叫んだ。そこでさよは、完全に目ざめた。

はっと体を起こし、さよはまわりを見まわした。床についていた体の左側が、冷たくなっている。

「仄田くん」

さよはソファーの部屋にいる仄田くんに呼びかけた。冷えた体を、さよは両腕でかかえこむ。

「ふぁい」

弱々しい声が、部屋の中から聞こえてきた。

足の先に半分つっかけていた運動靴を脱ぎすてて、さよは部屋に駆けいった。

仄田くんは、ソファーに寝そべっていた。

「だめ、早く起きて」

さよは仄田くんを揺すった。

「うん、わかってる。ぼく、鳴海さんに呼ばれて起きたんじゃないんだ。その直前に、自分で目覚めたんだ」

ものうげに起き上がりながら、小さな声で仄田くんは言った。

「もしかして」

「うん、夢の中で、あの二人の声がしたんだ」

「それは、欅野高校の南生さんと麦子さんの声よね」

仄田くんはうなずいた。それからなぜか仄田くんは、目をふせた。さよと目があうのを避けるように。

「……鳴海さんは、夢の中であの二人に、何か言われた」

仄田くんは、言いにくそうに聞いた。

「大きくなったら何をしたいかって、言われた。仄田くんは、何を聞かれたの」

仄田くんは押し黙ったまま、何も答えようとしない。

「ねえ、何て聞かれたの」

「べつに」

仄田くんの頬が、ほんの少し赤くそまった。また仄田くんは、目をふせてしまった。仄田くんのその様子は気にかかったけれど、今はそれよりも外に出るのが先決問題だった。

「ともかく、早くここを出よう」

そう言って、さよは仄田くんの手をとった。仄田くんの指先は、びっくりするくらい冷たかった。

「すごく、つめたい」

さよが言うと、仄田くんはようやくさよと目をあわせた。それから小さな声で、

「鳴海さんの手も、つめたい」

と言った。

館の外は、さらに寒かった。

さよと仄田くんは、あちらへ、こちらへと、あてどなく歩いていった。館までどうやって来たのか、二人はもう覚えていなかったからだ。誘う声につられてどんどん歩いてきた時には、道のりはたいそう近く感じられた。けれどこうして声から逃れる方へと歩いてゆくと、いつまでたってもあの最初の街灯にはたどり着けないような心もちになってきてしまうのだった。

「来た時よりも、少し明るいね」

仄田くんがぽつりと言った。

「うん」

「でもなんだか、少しのあかりは、まっくらよりも、さみしい感じがするね」

「うん」

さよは仄田くんの手をにぎりなおした。二人の手はまだひんやりしたままで、なかなか暖かみが戻ってこない。

しばらく、二人は歩きつづけた。うす闇は果てがないように感じられた。それでも二人は、歩いた。けれどいつまでたっても、街灯はあらわれない。

「ねえ仄田くん、そのままうしろをそっと見てみて。できるだけ何気なくね」

そうさよが言ったのは、いったいどのくらい歩いた後だったろうか。

仄田くんは、ぎくしゃくとうしろを振り返った。

「あっ」

仄田くんは息をのんだ。

「ね、いるでしょう」

「でも、小さい」

「うん。ほんとうに、小さいわね」

二人のうしろにいるのは、しっぽのある生きものだった。生きものは、ちょこまかとした動きで、二人のあとをつけてくる。そして、さよと仄田くんは、たしかにその生きもののことを知っていた。

「グリクレル」

小さな声で、さよが呼びかけた。

「グリクレル」

仄田くんも、呼びかける。

けれど、その小さなねずみは、何も答えなかった。

「ただのねずみなのかなあ」

「でも、ただのねずみがエプロンをしてるかしら」

「ただのねずみなのかなあ」

「でも、ただのねずみがエプロンをしてるかしら」

そうだ。その小さなねずみは、グリクレルがしていたのとそっくりなエプロンをしていたのである。ただし、ねずみの大きさは、さよと仄田くんのてのひらにのってしまいそうな、ほんのちっぽけなものだった。

「グリクレルにしては、落ち着きがないよ」

「動きが速く見えるのは、小さいせいだからかもしれないわ。同じ動作でも、体が大きいとゆっくりに感じられるんじゃないかしら」

「そうか。ともかく顔はそっくりだしね」

たしかにねずみの顔だちは、グリクレルにうりふたつだった。ちょこまかはしているけれど、表情だけはいかにも自尊心が強そうである。

「でも」

と、さよは用心深そうに言う。

「やっぱり、グリクレルとはちょっとだけ、違うような感じがするの」

「どこが違うの」

「あのね」

さよは、館での仄田くんの表情のことを思い出していたのだ。いつもの仄田くんの顔だちなのに、いやに子供じみていたあの時の仄田くんの表情のことを。

「このねずみって、グリクレルよりも、ずっとあつかいやすそうなねずみに見えるの」

「あつかいやすい」

仄田くんは首をかしげた。

「あつかいやすいものなんて、あるの」

「えっ」

「ぼく、あつかいやすい人も、あつかいやすい動物も、見たことがないよ。うちのおばあちゃんも、お父さんも、うちのエスも、みんなぼくに向かってやいのやいの言うけど、反対にぼくが何か言っても、誰も聞いてくれやしないよ。あつかいやすいのは、本の中のものごとだけだよ」

そう言ってから、いかに自分にとって「あつかいやすいもの」がこの世界に少ないかを、仄田くんは話しはじめた。

「いちばんあつかいやすそうに見えて、実はいちばんあつかいやすくないのは、エスなんだ」

「エスって、仄田くんのうちの犬」

「そうだよ。うちでは、犬でさえぼくよりもずっと堂々と生きてるんだ」

「堂々」

「うん。いつもエスは、ぼくに命令するんだよ」

「ねえ、仄田くんは犬としゃべれるの」

以前、動物園に遠足に行った時に、檻の中のキツネと話をしようとこころみた時のことを、さよは思い出していた。

「もちろん、しゃべれるよ」

「えっ、どうやって」

「鳴海さんは、しゃべれないの」

反対に仄田くんが聞き返す。

「だって、犬でしょ」

「うん、犬だよ」

「ワンとか、キャンとか、クーンとか、そういう鳴き声の中に、言葉が隠されているの」

「まさか」

「じゃあ、どうやって」

仄田くんは不思議そうにさよを見た。そんなこともわからないの。そういう目である。

「だって犬は、ぱたぱたふるためのしっぽや、すばやく駆けまわることのできる脚や、ぴんとたてるための耳や、なめてくる舌や、そういういろんなものを持ってるじゃない」

さよは少しがっかりした。

「なあんだ、犬が言葉をしゃべるんじゃないのね」

「言葉はしゃべらないけど、でも言葉なんかを使うよりずっとよくわかるよ。エスのしっぽのふりかたや、ぼくへの飛びつきかたで」

さよは自分に飛びついてくる犬の姿を想像してみる。それから、思いきり振られている、しっぽのことも。

「怖くないの、飛びついてきて」

「怖くないよ。だってエスは、ぼくが生まれた時から一緒だもん」

「お兄さんみたいなものなの」

「ていうより、もう一人おばあちゃんがいるような感じかなあ」

仄田くんの説明によれば、エスは仄田くんの面倒をみてくれるらしいのである。

「ぼくがお風呂から出てはだかんぼでぼんやりしてると、早く服を着ろってせかしてほえたり、給食のパンをこっそり持ちかえってくると、ぼくのことを叱りながらも食べてくれるし、それから学校でいやなことがあると、どうしてだかわからないけど必ずエスにばれちゃうんだ。もしかすると、エスはおばあちゃんよりもぼくのことがよくわかっているかもしれないなあ」

「でも、犬は人に面倒をみてもらうものじゃないの」

「いや、違う。散歩だって、見たところはぼくがエスを連れて行くんだけど、ほんとうはエスがぼくをひっぱって行くんだ。お父さんが一緒だと、エスはお父さんについて行くんだけどね」

説明しているうちに、仄田くんはだんだんしょんぼりしてきた。

「あーあ、あつかいやすいのは、ぼくだけなんだ」

（でもなんだかあたし、仄田くんがちょっとだけうらやましい）

さよは思った。

（あたしも、仄田くんみたいに、エスやほかの人たちに、かまわれてみたい）

さよは、学童保育が終わったあとで家に帰ってきた時の、家の中のひんやりした感じを思った。母が帰ってくるまでには、まだ時間がある。ご飯をとぎ、炊飯器のスイッチを入れ、宿題にかかる。宿題をしなさい、と叱る人がいないので、さよはいつも自分から宿題にかかるほかないのだ。

「さよちゃんは、おうちのお手伝いもよくするし、挨拶もできるし、しっかりしたいいお子さんね」

さよはよその家のおばさんたちから、しばしばそんなふうにほめられる。

ほめられた時には、さよもなんとなくうれしく誇らしい気分になる。

けれど、時おりさよは思うのだ。どうしてあたしは、よその家の子供たちみたいに、わあわあ騒いでものをねだったり、母さんにひどい口ごたえをしないんだろう、と。

同じように両親の片方がいない、さよと仄田くん。けれどそういう共通点のある二人でも、

（違うんだな）

さよは、思った。

さびしいような、でもそれもしかたないんだというあきらめのような、そしてその二つの感情とはまったくことなる、ひどくあっけらかんとした気持ちが、さよの中にわいてくる。

（みんな、違うんだな）

痛切に、さよは思ったのだった。


さよと仄田くんがそうやって話している間にも、ねずみはちょこまかと二人のまわりを走りまわっていた。

ねずみは、すばやかった。

さよと仄田くんのまわりを数回大きくまわったかと思うと、仄田くんの背中へ飛びつき、駆けのぼってくる。

「やめろっ」

仄田くんは叫び、襟もとをはらった。

ねずみはぱっと飛び、今度はさよの腰のあたりにかじりついた。

「きゃっ」

さよは体を揺らした。けれどねずみのまえあしの爪は、さよのスカートの布をしっかりとつかまえている。ねずみはさよにぶらさがったままだ。

「おいねずみ、鳴海(なるみ)さんから離(はな)れろ」

ねずみは黒いつぶらな瞳(ひとみ)で見返した。

きい、と、ねずみが小さく鳴いた。

「あなたは、グリクレルじゃないの」

さよは聞いた。

ねずみは答えない。

「もったいぶらないで、ねえ、答えておくれよ。答えてくれないなら、ねずみ汁(じる)にしちゃうぞ」

仄田(ほのだ)くんがおどした。けれど、グリクレルなら大いに怒(おこ)るだろうその失礼な言葉にも、ねずみは何も答えなかった。

うす闇(やみ)が、さよと仄田くんとねずみをとりまいている。ここには、何もないのだ。何も始まらず、何も終わらず、何も起こらない、うす闇だけの場所なのだ。

さよと仄田くんは、急に体から力が抜(ぬ)けてきた。

仄田くんが、あくびを一つする。

あくびは、さよにもうつった。大きく息をすいこんであくびをすると、さよは気持ちがよくなってきた。

「ねえ、また眠くならない」

「うん、そうだね」

「ほんの少しだけ、ここで休んでみない」

そう言いながら、さよはもう石だたみに腰をおろしていた。ねずみはまだ腰にかじりついていたけれど、もうかまわなかった。

腰をおろすと、今度は寝そべりたくなった。

きい、と、ねずみが鳴いた。

「うるさいなあ」

「すぐに起きるから、そんなに鳴かないで」

さよも仄田くんも、すでに眠りかけている。ねずみはさよの腰から離れて、仄田くんの顔の上を走りまわった。けれど仄田くんは平気で目を閉じていた。

きい、とねずみがまた鳴いた。

あたりは、恐ろしいほど静かだった。その静けさの中で、ときおりねずみがたてる「きい」という声だけが響きわたる。

ついにさよも仄田くんも、寝いってしまった。もう少し歩けば、街灯に着くというのに。そのことに気がつかないまま、二人は気持ちよさそうにすうすうと寝息をたてはじめてしまったのである。

「なんてもったいない」

グリクレルにそう言われたような気がして、さよはびくっと体をふるわせた。

ここはまだ夢の中にちがいない。うす闇はみえず、かわりにミエルとおぼしきはちみつ色の影があたりにたちこめている。けれどこの前の台所でのように、さよの息をつまらせるほどには、影は濃くない。

「そんなに眠りたければ、このままずっと、ここにいればいいさ」

グリクレルは言った。

さよは起き上がろうとした。そして、グリクレルに何かを言い返そうとした。けれど、体は鉛のように重くて、起き上がることも、口を開くことさえできない。

(あたしだって、眠りたくないの。でも、あんまり気持ちよくて、眠っちゃうの)

さよは、そう言い返したかったのだ。

「そりゃあ、ここは気持ちのいいところさ」

グリクレルは続けた。声はするけれど、その姿を見ることはできない。ミエル色の影におおわれていて、ここはほのかに暖かい。

(グリクレル、いるんなら、あたしたちを助けて)

さよは必死に心の中で叫んだ。

「いやだね。だいいち、こういうのを気持ちいいっていう神経は、あたしにはわからないしね」

（お願い、助けて）

「もしかして、あんたたちは、あたしがどうにかしてくれるって思ってるんじゃないだろうね」

（ちがうの、グリクレル）

「夜の冒険は、あんたたちにしかできないものなんだよ。あたしはただその入り口に立って、あんたたちを遠くから見守っているだけだよ」

グリクレルの言葉は、さよに衝撃を与えた。それでは、グリクレルに助けを求めることはできないのだ。

しかたなく、さよは自分で起き上がろうとした。

ほんのわずかばかり、指先が動いた。まるでずっしりとした砂の袋を、上からいくつものせられているような感じだった。

さよは必死に力をこめた。袋が一つ、すべり落ちる。また力をこめて、ひざをたててみる。袋が二つ、三つ、落ちていった。はねのけるようにして、上半身を起こす。だんだんに袋が減ってゆく。片ひざ立ちになる。ここまでくれば、ずいぶん楽になっている。立ち上がる。そして、目を開ける。

うす闇が広がっていた。仄田くんは、まだ眠っている。

「助けて」

さよは、もう一度、呼びかけた。答えは、ない。

「ああ、助けてくれるのが無理ならそれでもいいから、せめて、あたしたちを見ていて」

さよはそう言って、あの小さなねずみの姿を探した。けれども小さなねずみは、もういなくなっていた。

「仄田くん」

さよは呼んだ。

「仄田くん、起きて。ここには、誰もいないの。あたしたちしか、いないの。だから、ねえ、起きて」

さよの祈りが通じたのだろうか。

仄田くんの寝起きは、よかった。

今までのぼんやりとした寝覚めとはことなり、仄田くんは珍しくぱっちりと目を見開いた。

「鳴海さん、大変だ」

起き上がるなり、仄田くんは言った。

さよは、どきどきした。また何かが起こったのだろうか。

「ぼく、ノートをどこかに落としてきちゃったみたいだ」

「ノート」

さよは聞き返す。

「そうだよ。あの『ぎもん集』の書いてあるノートが、ないんだ」

さよは、肩の力を抜いた。

「なあんだ」

「なんだじゃないよ、あれ、ぼくの社会のノートなんだよ」

あたりはあいかわらずうす闇に包まれている。そして、眠気はまださよの体の奥にいすわっていて、完全にはなくなっていない。

でも、さよはここに来てから、はじめてほっとした気持ちになっていた。

「仄田くん、いつもの顔になってる」

そうだ。仄田くんはもう、赤んぼうの表情ではなくなっていたのだ。仄田くんは、ふだんの仄田くんに戻っていた。

不可思議なこの世界から抜け出せるかどうかわからないというのに、あちらの世界のただの社会のノートのことを心配している、仄田くん。

これでこそ、仄田くんだ。

どこか、見当違いな男の子。でも、その見当違いのおかげで、さよと仄田くんは今まで何回か窮地から脱出することができたのではなかったのか。

「鳴海さん、一緒にさがしてよ」

仄田くんは訴えた。

「でも、どうやって。だいいち、いつ落としたの、そのノートを」

さよは言い、まわりを見まわした。うす闇にはばまれて、一メートル先も見通すことはできない。

「たぶん、最初の街灯の近くだよ。あのね、しゃがんで、地面をさぐっていけば、どうかな」

仄田くんは言った。

さよはすぐに、仄田くんの言葉にしたがってしゃがんだ。

二人は、片方の手をつなぎあい、もう片方の手で石だたみのあちらこちらをなでながら、しゃがみ歩きでじりじりと前進していった。

けれど二人は、すぐに体が重くなってきてしまった。

「ないわね」

「うん、ないね」

仄田くんのノートを探す、という目の前の仕事に気を取られているうちは、眠気はすっかり去っていたのに、こうやって疲れてくると、またすぐに眠気はさよと仄田くんをとらえそうになる。

「ねずみは、どうしたのかな」

仄田くんがぽつりと言った。

「いつの間にか、いなくなっちゃったわね」

助けることはできない、ただ見守るだけ。夢の中で聞いたグリクレルの声を思い出しながら、さよは答えた。

「ただのねずみだったかもしれないけど、なんだか心細いね、いなくなると」

「うん、心細い」

しばらく二人は、石だたみに座って休んだ。うす闇は、濃くもならず、かといって薄くもならず、あいかわらずあたりをおおっている。動いたおかげで、寒さは少しおさまっていたけれど、こうして石だたみに座っていると、冷気がのぼってくる。

「ねえ仄田くん」

「誰もぼくたちを助けてくれないんだね」

さよは聞いた。

「仄田くんも、ついさっき、夢の中にグリクレルが出てきた」

「うん。鳴海さんもなんだね。グリクレル、言ってたよね、こんなところで眠っているのが、そんなにいいのかいって」

やはり仄田くんも、ついさっき、さよと同じ夢を見ていたのだ。この先はただ見守ることしかできないのだと、グリクレルが伝えてきた夢を。

「あたしたち、自分たちでどうにかしなくちゃならないのね」

さよはつぶやいた。

館で永遠の眠りに落ちてゆきそうになった時には、南生と麦子が夢の中にあらわれて、二人を目覚めさせた。

逃げ出したあとには、グリクレルに似たねずみがあらわれた。

だから、これからだって、また誰かが助けの手をさしのべてくれるような気が、二人はしていたのだ。

でも、そうではなかった。

さよと仄田くんは、ぐるりを見まわした。

「またここで眠っちゃったら、楽なんじゃないかな」

仄田くんがつぶやいた。

「だめよ、ここでがんばらなくちゃ」

言葉のうえではそう強がりながらも、さよはくじけそうになっていた。

「ねえ、もしここで本当に眠っちゃったら、どうなるんだろう」

「きっと、すごく気持ちいいんじゃないかしら」

さよと仄田くんは、顔を見合わせた。

さあ、ここで二人は、また寝いってしまうのだろうか。


いいや。仄田くんの目は閉じようとしなかった。さよも、同じだった。二人はちっとも眠そうではないし、目の輝きも失っていなかった。

「ぼくもう、その気持ちのよさは、いらない」

仄田くんは言った。

「ねえ鳴海さん、さっきの館で、欅野高校の二人に何を言われて目が覚めたかを、ぼく、まだ言ってなかっただろ」

仄田くんはさよの目をじっと見た。

「鳴海さんは、大きくなったら何をしたいかって、聞かれたんだよね」

さよはうなずく。

「ぼくはね、ちがうんだ。ぼくはね」

そこで仄田くんは言葉を切った。次の言葉をさよは待ったが、仄田くんはしばらく黙っていた。足元に視線を落とし、何かを言いあぐねているふうだ。

やがて仄田（ほのだ）くんは、口を開いた。

「鳴海（なるみ）さんが聞かれたことと似（に）ているようで、でも全然ちがうことを聞かれたんだ。ぼくはね、大きくなってからも今の情（なさ）けない自分でいいの、今のままで終わっちゃっていいのって、そう聞かれたんだ」

言いおえると、仄田くんは顔をあげた。正面から、仄田くんはさよを見つめている。

「いやだって、仄田くんは思ったのね。今のままじゃ、いやだって」

さよは言った。

仄田くんは、ゆっくりとうなずいた。

「そうだよ。いやなんだ。ぼくはこのまま、楽ちんにただ眠（ねむ）っているだけじゃ、いやなんだ」

仄田くんは肩（かた）をふるわせた。

「ぼくは、もっと違（ちが）うぼくになりたいんだ。どうやったらそうなれるかわからないけど、でも今のままじゃ、いやなんだ」

さよは、じっと仄田くんを見返した。こんな仄田くんを見るのは、初めてだった。

「鳴海さんは、いいよ。組のみんなと平気でしゃべれるし、一人でいろんなことができるし、グリクレルにも気に入られるし、あんなかっこうのいいお母さんもいるし」

かっこうのいい。さよはびっくりする。母のことを変わり者だと思ったことはあっても、かっこうがいいと考えてみたことは、なかった。

「うちのおばあちゃんと正反対だもの、鳴海さんのお母さんは」

でも、仄田くんのおばあちゃんは、あんなにも手をかけて仄田くんのことをいとおしんでくれているではないか。

「それがいやなんだ」

仄田くんは、叫んだ。

世話をされるのがいやだなんて、ひどくぜいたくな子供だこと。母ならばきっとそう言うだろうと、さよは思った。

「ぜいたくだって、知ってるよ。だからますます、いやなんだ。あんないいおばあちゃんのことを、じゃまっけだって思いながら、でもやっぱりおばあちゃんの世話なしにいられないこのぼくのことが」

仄田くんは朗々と声を出していた。こんなしゃべりかたを、仄田くんはできたのだ。

今まで、どんなに賢いことを言う時でも、仄田くんはいつだって喉の奥に何かがつっかえているような、はっきりとしないしゃべりかたしかしなかった。同じことをほかの男の子が言ったならさぞ立派に感じられるだろうに、仄田くんの口を通すと、とたんに話の内容は、どうでもいいことのようにしか感じられなくなる。それはきっと、常にどこかつまらなさそうにしている、仄田くん自身のせいだ。

こんなこと言ったって、どうせな。

ぼくは、まあわかってるけど、よその人にはわからないだろうな。

仄田（ほのだ）くんがちょっぴりだけ何かをあきらめ、ちょっぴりだけ何かをばかにしているということが、話しぶりからは匂（にお）いたってしまうのだ。

けれど、今は違（ちが）う。

仄田くんは、まっすぐにさよを見ていた。そして、さよに自分の言葉がちゃんと届（とど）くと信じながら、しゃべっていた。

「ぼくは、帰りたい」

仄田くんは、はっきりと言った。

「うん、あたしも。あたしたち、帰りたいのよね。ここはとっても気持ちよくて、いやなことは一つもないけど」

「でもぼくたち、やっぱりあっちの、色々つらいこともある世界に、帰りたいんだ」

二人はもう、座（すわ）りこんでなどいなかった。すっくと立って、足でしっかりと地面を踏（ふ）みしめていた。

どちらに歩いていったのだか、わからない。

けれど、じきに街灯が見えてきた。

帰ろう、と、強く念じながら、さよと仄田くんは歩いていたのだ。

心の底から二人がそのことを願った時に、すでに街灯のあかりは、二人に届きはじめていた。

うす闇の中に、街灯は明るく灯っている。

「あっ」

仄田くんが叫んだ。

灰色のノートが一冊、街灯の下に落ちていた。さよの手をふりほどき、仄田くんは街灯まで走った。

いそいでノートを拾いあげると、仄田くんはぱらぱらとページをめくった。

「よかった。破れたページもないし、『ぎもん集』は、ちゃんとそのままだ」

そう言いながら、仄田くんは「ぎもん集」のページを開いて、さよに見せた。

「あれ」

さよは声をあげた。

たしかに、「ぎもん集」のページには、前と同じように仄田くんの筆跡で、いくつもの「ぎもん」があげてあった。けれど、その文章は、さよの覚えてるものと、ほんの少しだけ、変わっている。

「なくなってる」

さよは、つぶやいた。

「え、なにが」

「きみの悪い、っていう言葉が、なくなってる。かわりに、ほら」

さよは、一番めと二番め、四番めから七番めまでの「ぎもん」を指さした。
・どうして高校の校しゃの二かいが、すてきなねずみのすみかになっていたんだろう
・ミエルとかいうへんなかげの正体は、なんなんだろう。すてきなねずみの話だけでは、さっぱりわからない
・どうしてあのすてきなねずみがぼくたちに帰っていいって言ったら、かいだんがまたあらわれたんだろう
・あのすてきなねずみは、だれのためにあんなごちそうを作っているんだろう
・すてきなねずみのごちそうは、見ため通り本当においしいんだろうか
・どうして鳴海（なるみ）さんは、すてきなねずみの名前を知っていたんだろう
なんと、元の文章では「きみの悪いねずみ」だったものが、全部「すてきなねずみ」になっているではないか。

「なんだ、これは」

仄田くんはあっけにとられている。

さよは、くすくす笑いだした。

「もしかして、グリクレルのしわざなのかしら」

「勝手に書きかえたんだな。大事なところでは助けてくれないくせに、なんだよ」

ぶつぶつ言いながらも、仄田くんも笑いだしてしまった。

「あの小さなねずみ、やっぱりグリクレルだったのかしら」

「そんなの、知ったこっちゃないよ。助けてくれないなら、思わせぶりに出てこないでほしいなあ」

「見守るだけって言ってたくせにね」

「帰ろう、ぼくたち」

仄田くんが、明るく言った。

「うん。ここはもう、じゅうぶん。この気持ちよさは、もういらない」

さよも、にっこりと笑った。

もう二人は、怖がっていなかった。

誰も、助けてはくれないのだ。でも、それならば、自分たちではっきりと、これからどうしたいかを決めればいいだけだ。

「帰るんだ、ぼくたち」

仄田くんが言った。

「帰るわ、あたしたち」

さよも言った。

次の瞬間、二人の上に蟬しぐれがふりそそいだ。むっとした夏の昼の空気が、戻ってきた。そこはもう、宵の森公園だった。

二人は、帰ってきたのだった。

第四章

二つの夜

二学期に入ってから、さよのクラスはいつもなんとなくざわざわしている。

なぜなら、このところずっと、野村くんと塩原くんがはりあっているからである。

野村くんのお父さんは、欅野団地のすぐそばにある「野村内科・小児科医院」の院長さんだ。

野村先生のことは、みんながよく知っている。春の健康診断の日になると、野村先生は聴診器と銀色のひらたい金属棒をたずさえ、ぱりぱりにのりのきいた白衣を着て、学校にやってくる。生徒たちの胸に聴診器をあて、銀の棒で舌をおさえながら、「はい、あーん」と野村先生は言う。何もなければ、「はい、いいよ」と次の生徒に向き、何かあれば、「そうか、そうだな」と言って、机の上にある「検診カード」に何やら書きこむ。何もなくとも、何かあっても、野村先生はいつもやさしい。だから生徒たちはみんな、野村先生が大好きだ。

春の健康診断の時だけではない。風邪をひいた時にも、お腹をこわした時にも、欅野団地かいわいの人たちは必ず野村先生に診てもらうことになっている。

野村くんは、勉強がよくできる。仄田くんだってたぶん野村くんと同じくらいもの知りなはずだけれど、仄田くんが授業中に自分から手をあげて先生の質問に答えることはほとんどないので、クラスのみんなは野村くんの方が仄田くんよりもずっともの知りなのだと思っている。

いっぽうの塩原くんのお父さんは、大工さんだ。塩原くんのお父さんと一番上のお兄さんは、「けやきの工務店」に勤めている。「けやきの工務店」は、欅野区にある建物をたくさんつくっているところだ。ニッカボッカをはいた体格のいい男の人たちが、たくさん「けやきの工務店」に出入りしている。

その中でも塩原くんのお父さんは古株で、

「うちの父ちゃん、ものすごく腕がいいんだぜ」

と、塩原くんは自慢する。

塩原くんは、体育が得意だ。のぼり棒をするするとのぼってゆくさまは、すばしこいジャングルの動物のようだと、さよは思う。

その塩原くんと野村くんが、このごろ何かというと、いがみあっているのだ。最初は遊びのようにじゃれあっているだけだったのに、ちかごろ塩原くんと野村くんは、だんだん本気でけんかをするようになってきた。

「どうして男子は、あんなにどたばたするのが好きなんだろ」

つい昨日も、宮崎さんはさよにこぼした。

二学期になってから、ようやくさよはいつも一緒にいる友だちができたのである。

宮崎さんは、仙台から転校してきた女の子だ。

「転校、もう四回なの」

宮崎さんは教えてくれた。

転校のたびに「なかよし」を見つけるのが大変なのだと、宮崎さんはさばさば言う。さよは感心してしまう。自分も宮崎さんのようにさばさばとできたら、どんなにかいいだろうにと思う。

「だいたいね、塩原も野村も、子供っぽいのよ」

宮崎さんは決めつける。

さよはまた感心する。塩原くんのことも野村くんのことも、さよは少し怖いのだ。二人とも人気のある男の子たちで、女の子たちはその二人にならスカートをめくられても、ただ「きゃあ」と言うだけで、怒らない。

スカートめくりも、二学期になってからはやりだしたことだ。最初は女の子たちは本気で怒っていたけれど、そのうちに遊びのようになってきた。めくられても困らないよう、ブルマーをはいてそなえている女の子も多い。

不思議なことに、スカートをめくられて泣きだしてしまうような女の子には、男の子たちはちょっかいを出さない。男の子たちがスカートをめくるのは、クラスの中でも口がたって活発な女の子たちだけだ。

宮崎さんも、ときどきスカートをめくられていた。けれど、ほかの女の子たちが、

「きゃあ」

と反応したり、

「やめて」

と怒ったりするところを、宮崎さんはただただ落ち着きはらって、

「ばっかばかしい」

とひややかに言い放つので、今では男の子たちは宮崎さんには寄ってこないようになっていた。

事件が起きたのは、九月の終わりごろである。

そもそもの事の起こりは、給食の献立だった。

「今日はカレーシチューだ」

その日は、朝から教室のあちらこちらで、そんな声が聞こえていた。

カレーシチューは、みんなが大好きな給食である。二カ月に一回くらい、カレーシチューは献立に登場する。

豚肉にじゃがいもに人参、しあげにグリンピースの散らされたカレーシチューは、

家のカレーよりもなんだか水っぽかったし、豚肉だってやたらに脂身が多いし、グリンピースはゆですぎで色があせてふにゃふにゃしているけれど、ふだんの給食にくらべれば、とびっきりのごちそうだったのだ。

「おれ、少しくらい熱があっても、カレーシチューとミートソースの日は、絶対に学校を休まないぜ」

塩原くんなどは、いつも言っている。そもそも塩原くんは一年生の時から皆勤賞を続けているのだから、少しくらい熱があってもカレーシチューとは関係なく学校に来るに決まっているのだが、それはさておき、子供たちがたまのカレーシチューの日をたいそう楽しみに待っていることだけは、たしかなのである。

カレーシチューとどんなおかずが組み合わされるのかということも、楽しみの一つだ。たとえば、さよが一番好きなのは、カレーシチューにコッペパン、つけあわせはマカロニサラダで、それに牛乳かんがつくという組み合わせである。

「ぼくは、パンじゃなく、ソフト麺がいいな。あと、大学いもがついたら最高」

と、仄田くんは言う。

ともかく、カレーシチューが出てくる日には子供たちは朝から興奮していて、そのために何かと事件が起きやすい状態にある、という寸法なのである。

よくよく思い返してみれば、二時間めの少し長い休み時間から、ただならぬ感じは始まっていた。

ただでさえカレーシチューで気持ちがふわふわしているところに、その日は朝から雨だったものだから、男の子たちはふだんよりも力が余っていたのだ。

「なにをっ」

という塩原くんの声が響きわたってきたのは、教室の前の廊下からだった。

「また男子がさわいでる」

宮崎さんは言い、肩をすくめた。

さよと宮崎さんは、ちょうどその時、おはじきをしていた。少し前に、宮崎さんはさよにおはじきのやりかたを教えてくれたのだ。

「前の学校で、はやってたの」

宮崎さんは言い、次の日には、市松模様の布の袋に入ったたくさんのおはじきを、学校に持ってきた。

透明なガラスに、朱色や水色、黄色や草色のまじった、平たい円盤のかたちのおはじきを、さよはもちろん見たことはあったけれど、おはじきでの遊びかたは知らなかった。

「こうやってね」

宮崎さんは、教室の机の上におはじきをざらざらと出した。まず一ヵ所におはじきを集め、右のてのひらでいったんおはじき全部をおおう。それから手首をきかせて、てのひらをさっと平行に動かし、おはじきを机の上にちりぢりに散らした。

「このうちの、二枚を選んで、まずその間に指先でもって線をひくの」

おはじきの手順を、宮崎さんはていねいに教えてくれた。

「指で、線がひけるの」

さよが聞くと、宮崎さんは笑った。

「ううん、線っていっても、見えない線。うそっこの線」

「なぜ線をひくの」

「二つのおはじきの間に、指先よりも広いすきまがないと、いけないの」

ふうん、と、さよはうなずいた。

宮崎さんは水色と青の模様のおはじきを選び、まず小指の先でその間に「うそっこの線」をひき、それからおもむろにひとさし指で水色のおはじきをはじいた。

ちん、という小さな音をたてて、水色のおはじきは青のおはじきにぶつかった。青のおはじきは、はじかれて五センチほど動いた。もう一回、二つのおはじきの間に「うそっこの線」をひくと、

「これで、一つ」

と言いながら、宮崎さんははじかれた青のおはじきを、ひょいとつまみあげた。

「こうやっていって、たくさん取った方の勝ち」

さよは目を輝かせた。

こういう遊びが、さよは大好きだった。おはじきがすきとおってきれいなことも、ときおり中に泡ができているさまも、よかった。最初はうまくおはじきをはじくことのできなかったさよだが、すぐに上手になった。

その日の二時間めのあとの長い休み時間も、さよと宮崎さんはいつものようにおはじきに熱中していたのだ。


「なにをっ」

という塩原くんの声が廊下から聞こえてきたのと、がちゃん、という音がしたのは、ほぼ同時だった。

廊下側の窓に、数人が駆け寄った。教室の中に残っているのは、女の子だけである。男の子たちは、廊下で三角ベースをしているのだ。

（仄田くんはどこにいるんだろう）

三角ベースには絶対に参加しないはずの仄田くんだったが、教室にその姿はなかった。いつかの塩原くんと仄田くんとの間のちょっとしたいざこざのことがあるので、さよは心配になった。中腰になり、さよはみんなのすきまから廊下の様子をうかがった。

塩原くんの声につづいて、野村くんの声が聞こえてくる。

「危ないじゃないか」

「わざとじゃないよ」

「わざとじゃなくても、気をつけろよ」

「なんだって」

何人かの声が、重なっている。仄田くんの姿が見当たらないことに、さよはほっとした。

「また男子がばかみたいなことしてるのか」

宮崎さんがつぶやいた。立ち上がったさよを、宮崎さんは座ったまま見上げている。

「ま、こっちには関係ないわよね」

宮崎さんは言い、赤い模様のおはじきを勢いよくはじいた。ずいぶん遠い紺の玉をねらっていたのだが、どんぴしゃり、玉のまんまんなかに赤いおはじきは当たった。はじかれた紺のおはじきは気持ちよく動き、やがてすうっと止まった。

「いただきい」

うれしそうに宮崎さんは言い、紺のおはじきを大事そうにつまんだ。

じきにチャイムが鳴り、男の子たちが走って戻ってきた。机の中から教科書やノートや筆箱をばたばたと取り出し、並べている。

きりつ、れい、ちゃくせき、という日直の声に、いちおうはみんな従ったけれど、いつにも増して、教室の子供たちの動きはばらばらだった。

「どうしたんだ。今日はいやにおしゃべりが多いな」

先生が言ったのは、授業が始まってしばらくたってからのことだった。

何人かの男の子が、うつむいた。さよがこっそり見ると、野村くんはまっすぐ前を向き、塩原くんは横を向いていた。

「いくら今日の給食がカレーシチューで嬉しいからって、授業はちゃんと受けなきゃな」

からかうような口ぶりで、先生は言った。

いつもならば、ここはどっと笑い声があがるところだった。けれど、そうはならなかった。さきほどの廊下でのいざこざが、男の子たちの間に尾をひいているのだ。

三時間めは、それでも無事に終わった。短い休み時間の次に四時間めも過ぎ、給食の時間になった時に、それは起こった。

「おれたちの班のカレーシチューが少ないよ、ずるいぞ」

給食係に向かって、安田くんがそんな文句をつけたのだ。

安田くんは、野村くんと同じ班だ。家も近くて、前からいつも野村くんと組んで一緒にいる。

「少なくなんか、よそってない」

白い木綿の三角巾を巻きスモックを着た塩原くんが、言い返した。今週の給食係は、塩原くんたちの班なのである。

さよと宮崎さんは、顔を見合わせた。子供たちは、班ごとにプラスチックのおわんを持って給食係の列に並んでいる。給食係は、大きなおたまでカレーシチューをすくい、差しだされたおわんの中に順に入れてゆくのだ。野村くんたちの班のすぐ後が、さよたちの班だった。

「だって見ろよ」

カレーシチューのよそわれたおわんを、塩原くんの鼻先に突きだして、安田くんは言った。さよは思わずつまさき立って、おわんの中をのぞきこんだ。

「そんなに少なくないよね」

これも隣でのびあがっている宮崎さんが、さよに耳打ちした。

「うん」

さよも小声で答える。

「ちゃんとよそってるぞっ」

塩原くんが言い返した。大きな目玉で、安田くんをぐっとにらんでいる。

「いいや、少ない」

安田くんも負けずに言い返した。

にらみあっている塩原くんと安田くんは、二頭の土佐犬のようだと、さよは思った。

夏休みの間に、さよは仄田くんから『犬のすべて』という本を借りて読んだのだ。

仄田くんは、『昆虫のすべて』『食虫植物のすべて』だのという、「すべて」シリーズの図鑑を、ずらりととりそろえて持っている。学校の図書室が閉まっていて本を借りることができないさよに、仄田くんはその大切な図鑑の中の一冊を貸してくれたのである。

土佐犬はほうっておくとどちらかが死ぬまで闘います、という文章を読んで、さよはなんてかわいそうなんだろうと思った。

「どうにかできないのかなあ。土佐犬だって、いやだろうに」

本を返す時に、さよは仄田くんに聞いてみたのだが、仄田くんは首をふるばかりだった。

「かわいそうだけど、そういうふうに生まれついてるんだって。ほんとうにいやだろうねえ、そんなにまでして闘うのは」

仄田くんは頭をふりふり、悲しそうに答えたものだった。

「なんだと。おまえ、ずるしてたくさんもらおうとしてるんだな」

そう言うなり、塩原くんは安田くんの胸のあたりを突いた。たいした力を入れたようには見えなかった。けれど、安田くんはバランスをくずし、よろけてしまった。その拍子におわんがひっくりかえり、中のカレーシチューが床にぶちまけられてしまう。

ちょうどその時、斉藤先生が教室に入ってきた。

「なんだ、何のさわぎだ」

床に尻もちをついている安田くんに、斉藤先生は聞いた。

「なんでもないです」

安田くんは答えた。安田くんのうす緑色のシャツの胸元には、カレーシチューの黄色がてんてんと散っている。

「給食係、ちゃんと給仕しなきゃだめだぞ」

斉藤先生は、塩原くんたちに向かって言った。

塩原くんはむっと口をつぐみ、うつむいた。それから、おたまをにぎりなおし、安田くんの次に並んでいた宮崎さんのおわんに、カレーシチューを乱暴についだ。

せっかくのカレーシチューの日だったのに、給食中の会話は、ぜんぜんはずまなかった。

塩原くんも安田くんも野村くんも、無言で顔をふせ、そそくさとカレーシチューをたいらげている。いつものカレーシチューの日ならば、おかわりの列が長々とできるのに、最初の一杯(いっぱい)を食べ終えておかわりに行く子供(こども)は、数人しかいなかった。

教室の中は、たいそう不穏(ふおん)な空気に満たされていた。気軽に立って前に出て、その空気の中で平気でおかわりをするなんて、とてもできるような雰囲気(ふんいき)ではなかった。

けれどただ一人、その空気に気づいていない子供がいた。

それは、仄田(ほのだ)くんだった。

二時間めの休み時間、仄田くんは教室にいなかった。だから仄田くんは、塩原くんと野村くんのグループが廊下(ろうか)で何やら争っていたことなど、まったく知らなかったのだ。おまけに仄田くんはいつも一人でいるものだから、クラスのみんなが今どんな気持ちでいるのか、雰囲気はどうなのか、などということについては、

(よく知らないし、みんなだって、ぼくに知ってもらいたいとも思ってないだろうし)

というふうにしか、思っていなかったのである。

さらに運の悪いことには、仄田くんはカレーシチューに目がないのだ。給食を食べ

終えるのに四苦八苦する好き嫌いの多い仄田くんが、ゆいいつ愛している給食が、カレーシチューなのである。

あんのじょう、仄田くんは教室の重苦しい空気など歯牙にもかけず、おかわりに立った。

そこまでは、まだいい。

よくなかったのは、それからだ。

争っておかわりされるカレーシチューの日に、二回めのおかわりをする機会など、まずない。ところがこの日は、ほとんどの子供がおかわりに立つのをひかえたために、配膳用の大きなバケツの中には、カレーシチューがたっぷり残っていたのだ。

仄田くんは、二回めのおかわりに立った。

そのうえ、あろうことか仄田くんは、いつもの仄田くんにはあるまじき速さで三杯めのシチューをたいらげ、さらにおかわりに立ったのである。

「またかよ」

押し殺したような、意地悪そうな声が聞こえた。

さよはこっそりぐるりを見まわしたが、誰が言ったのか、見つけることはできなかった。

（仄田くん、もうおかわりするのは、やめたほうがいいよ）

必死に、さよは仄田くんに信号を送った。けれど仄田くんは、気づく様子もなく、喜ばしげにたっぷりとシチューをよそいつづけるのだった。

重苦しい空気に穴があいたのは、まだ中にカレーシチューの残っている配膳の道具を給食係が給食準備室に戻し、斉藤先生が職員室に戻ってからのことである。

「おい、勝負はドッジボールでつけるぜ」

そう叫んだのは、塩原くんだった。

「ほんとは、安田とも野村とも、勝負は果たし合いで決めたいんだけど、しょうがない、かわりにドッジボールだ」

塩原くんのその言葉が終わるか終わらないかのうちに、教室じゅうに鬨の声がとどろきわたった。

「よーし、勝負だ」

「負けないからな」

「ドッジならまかしとけ」

「おまえら目にもの見せてくれる」

ここのところの塩原くんと野村くんとのいさかいで、クラスの男の子たちは、塩原くんがたと野村くんがたの二手に分かれていた。二つの国がつのつきあうがごとく、男の子たちはおりあらば競争をくりかえすようになっていた。そして、さきほどの、廊下での三角ベースと、安田くんがカレーをぶちまけたことで、両方の間の緊張はふくれあがっていた。その緊張の頂点で塩原くんが選んだ方法が、ドッジボールだったのである。

「ドッジボールですむんなら、よかったじゃない」

宮崎さんがつぶやいた。

「それにしても、果たし合いって、まったく男子って、おおげさなんだから」

男の子たちに聞こえないよう声をひそめて、宮崎さんは肩をすくめた。

男の子たちは、次々に席を立って校庭へと飛び出してゆく。雨はまだあがっていなかったが、ずいぶん小降りになっている。余っていた力のはけぐちが見つかったおかげで、男の子たちは勇み立っていた。

さよも、ほっとした。仄田くんがげんこでなぐられたのと同じように、安田くんや野村くんが塩原くんになぐられたら、そして、勉強もできるけれど体育もできる野村くんが、負けずに塩原くんをなぐり返したら。

そんな場面は、考えたくもなかった。さよは荒っぽい争いごとが、大きらいなのだ。

ところが、せっかくさよがほっとしたのもつかのま、突然大きなどなり声が響きわたった。

「一人だけ隠れてるのかよ」

岬くんが、仄田くんの胸ぐらをつかんでいた。岬くんは、塩原くんのグループの一人である。すでにその時には、ほかの男の子たちは外に出ていってしまっていて、教室に残っている男子は岬くんと仄田くんだけだった。

仄田くんは、ぽかんとしていた。

「おまえもちゃんと参加しろよ」

岬くんは言い、きれいにアイロンのかかった仄田くんのシャツをひっぱった。仄田くんのほそい首が、勢いでゆさゆさと揺れる。

「どうして参加しなきゃならないんだよ」

揺さぶられながらも、仄田くんは果敢に聞き返した。

「男の戦いだからだ」

岬くんは叫ぶように答えた。

仄田くんは、顔をしかめた。それから、はあ、と、ため息をついた。れいのあの、人をこばかにしたように聞こえる調子でもって。

（ああ、仄田くん）

さよはてのひらをぎゅっとにぎりしめた。

仄田くんがドッジボールがだいきらいなことも、「男の戦い」などというものなどにはまったく興味がないことも、さよにはわかりすぎるほどよくわかっていた。でもそれだからといって、野村くん対塩原くんの「男の戦い」に、仄田くんが参加しないわけには、ゆかないのだ。

これは、クラスの男の子全体の問題なのだ。だから、クラスの一員でいるかぎり、知らないふりをして一人だけみんなから離れて勝手に動くことは、できない。

それは、子供たちの間での「きまり」だ。

クラスのみんなが、

「こっちに行く」

と決めて、いっせいにある方向に走ってゆく時には、

「そっちの方向は、まちがってるんじゃないかなあ」

「そういう走りかたは、きらいなんだけどなあ」

と、一人だけ反対の方向に歩きだすことは、とても難しいことなのだ。

もしそんなことをしたなら、その子供はきっと翌日から「仲間はずれ」になる。

けれど仄田くんは、ひややかな声で岬くんにこう言った。

「戦うなんて、くだらないよ」

「なんだと」

岬くんは怒りをこめて、仄田くんをにらみつけた。

（ああ、仄田くんも、もっとちがう言いかたをすればいいのに）

さよはおろおろする。

けれど、ふいに岬くんは、つかんでいた仄田くんのシャツを放した。そのまま岬くんは、いそいで教室を走り出た。校庭からは、ボールのはずむ音や、きれぎれの歓声が聞こえてくる。わからず屋の仄田くんなどにかかずらわっていないで、一刻も早く「男の戦い」に参加しなければと、岬くんは思ったのだ。

教室を出ざま、岬くんは振り返った。

「弱虫め」

岬くんは、仄田くんに向かって言い捨てた。

仄田くんは、肩をすくめた。それから、

「ふん」

と気丈に言ってみせ、読みかけていた本を、ゆっくりと開きなおした。

岬くんが出ていった直後は、へんに静まりかえっていた教室だったが、今は女の子たちのおしゃべりの声でいっぱいだ。

さよは宮崎さんと一緒に、自由ノートに「豪華なお部屋」の絵を描いているところだ。宮崎さんは、世にも豪華なカーテンを描くことができるのだ。ビロードの生地には優雅なひだがたたまれ、どっしりと床までたれている。

　さよは歓声をあげた。

「きれい」

「まあまあね」

　宮崎さんはノートをじっと見つめ、かなり満足そうに言った。

　その時である。さよは、仄田くんの様子が少しおかしいことに気づいた。

　仄田くんの手と足が、ふるえていた。

　机の上に広げられた本のページを仄田くんがめくろうとしても、手がふるえているせいで、うまくめくれないのだ。足もふるえているので、椅子がかたかた音をたてている。

　岬くんが出ていってすぐの時には、仄田くんはしごく落ちついているようにみえた。ところが、しばらく時間がたった今ごろになって、仄田くんはふるえはじめたのである。

　五時間めが始まってからも、終礼がすんで放課後になってからも、仄田くんの様子はなんだかおかしかった。

　岬くんが仄田くんのそばにつかつかと寄ってきたのは、ランドセルをしょった仄田くんが、昇降口でうわばきを取り出そうとした時のことだった。

「やい、どうしてさっきは来なかったんだよ」

岬(みさき)くんは言い、仄田(ほのだ)くんをにらみつけた。

ちょうどさよは、宮崎さんにさよならを言ってきたところだった。今日は宮崎さんは、保健(ほけん)委員会の日なので、一緒(いっしょ)に帰れないのだ。

「ちょっと、こっち来いよ」

岬くんはかさにかかって言い、仄田くんの腕(うで)を取った。

仄田くんは無言で首を横に振(ふ)ったが、岬くんは無視(むし)して、そのまま仄田くんをひっぱってゆく。

（どうしよう）

さよは、どきどきしながら思った。宮崎さんならば、こういう時でも落ちついてすぐに出てゆき、岬くんに向かって「何してるのよ」と聞くことができるにちがいない。でも、さよにはそんなことはとてもできそうになかった。

「や、やめろよ」

仄田くんが言った。

「や、やめろよ」

岬くんは、わざとらしく仄田くんのどもるさまをまねた。

「どこに連れてくつもりなんだよ」

仄田くんが言うと、また岬くんは、

「どこに連れてくつもりなんだよ」

と、仄田くんよりも一オクターブほど高い声をわざとつくって、くりかえした。

そのまま仄田くんは、岬くんに引きずられてゆく。まわりにいるのは、ちがう学年の子供たちばかりだった。誰も二人のことなど気にとめていない。

こうなったらしかたがない、さよは、二人のあとをつけてゆくことにした。

階段をのぼって廊下をつっきり、岬くんが入っていったのは音楽室だった。

「連れてきたぜ」

岬くんは中に向かって言い、仄田くんを押しこむようにしてから、扉を閉めた。

窓越しにのぞくと見とがめられてしまうかもしれないので、さよは扉に耳を当てた。

「どうしてドッジに参加しなかったんだよ」

という、塩原くんの声が聞こえてきた。

答えは、なかった。どうやら仄田くんは、だんまりをきめこんでいるらしい。

「だいたい、仄田はどっちにつくつもりなんだよ」

これは、岬くんの声である。

答えはやはり、ない。

「どっちにもつかないなんて、コウモリみたいで、ずるいぞ」

また、岬くんの声だ。さよはいきどおった。

（仄田くんは、ずるく立ちまわるイソップ物語の中のコウモリなんかとは、ぜんぜんちがうのに。それにだいいち、ほんもののコウモリは、とってもかわいいものなのよ）

さよは、コウモリが大好きなのである。夕方近くに宵の森に行けば、ものの見分けのつきにくくなった空には、なんだかひらひらとしたものが飛んでいる。

「あっ、お空に、みえないものがたくさん飛んでる」

以前、さよは母に言ったことがある。

すると母は、笑いながらさよに教えてくれたのだ。

「たしかに、見えないものだわね。あのね、あれはコウモリなのよ」

コウモリのスピードといさぎよい飛びかたは、なんてかっこうがいいんだろうと、さよは思っている。

さよがコウモリのことをあれこれ考えている間にも、音楽室の中では事が進んでいた。

「おい、なんとか言えよ」

「はっきりしろよ」

岬くんだけでなく、ほかの子供たちまでが、仄田くんを責めにかかっているではないか。

仄田くんはあいかわらず、口をつぐんでいるらしく、まったく声が聞こえてこない。

さよは思いきって、ほんの少しだけ扉をずらしてみた。そして、狭いすきまから中をのぞいた。

（あっ）

さよは、声をあげそうになる。

中にいるのは、塩原くんたちの一団だけだと、さよは思っていたのだ。ところが、そこにはクラスの男子がほとんどそろっているではないか。扉に近いあたりには塩原くんのグループが、黒板側には野村くんのグループが、それぞれにかたまっている。

そしてちょうどそのまんなかに、仄田くんは、立たされているのだった。

「ひきょうだぞ」

「いくじなし」

「早くどっちかに決めろ」

何人もの声がとぶ。

さよは、いたたまれなくなった。仄田くんは、貝のように口を閉ざしたままだ。そ

して、仄田くんが黙りつづければつづけるほど、仄田くんを責める声は勢いをまして
ゆく。

けれど、しばらくするうちに、さよは気がついた。仄田くんを責めているのは、塩
原くん側の男子だけだということに。野村くんは、と見れば、腕組みをして、なんだ
か困ったような顔をしている。

ほんの少しだけ、さよはほっとする。

(野村くん、仄田くんを助けてちょうだい)

さよは祈った。するとどうだろう。さよの内心の声を聞きとめたかのように、それ
まで腕組みをして何も言わなかった野村くんが、口を開いたではないか。

「もう、いいよ」

野村くんは、落ちつきはらった声で言った。

「こういうのって、よくないよ」

さすがは、野村くんだ。さよはほっとして、廊下に座りこみそうになってしまう。

「一人を全員で責めるのって、いじめてるみたいじゃないか」

野村くんはつづけた。

「それに、仄田がどっちについても、まったく変わりはないだろ」

まわりから、押し殺した笑い声がもれた。

（そんなこと、ないわよ。仄田くん、あれであんがい頼りになるのよ。みんな知らないんだわ）

さよは必死に仄田くんをかばったが、むろん男の子たちにさよの内心の声が届くはずはない。

仄田くんは、まだ黙ったままだ。

「もうさ、仄田のことなんて、どうでもいいじゃないか。みんな、帰ろうよ」

野村くんは言った。

そうだ、そうだ、という声が続いて、男の子たちは床の上に投げだしてあったランドセルをとりあげ、ひょいひょいとしょってゆく。

さよは、あわてて音楽室の向かい側にある女子用のお手洗いに身を隠した。

どやどやいう足音がすっかり行き過ぎるまで、さよは息をひそめていた。

五分ほどたってから、さよはそうっと足音をしのばせて、お手洗いから出た。音楽室の扉は、開け放してあった。首をのばして、さよは教室の中をうかがう。

仄田くんだけが、残っていた。

先ほどとまったく変わらない位置、二つのグループにはさまれて責められていた場所に、仄田くんは無表情で突っ立っている。

「仄田くん」

さよは声をかけた。

仄田くんは、答えない。

「何もなくて、よかったね」

そうさよが言っても、仄田くんはさよの方を見ようともしなかった。

「怖かったね。あたし、何もできなくてごめんね」

仄田くんは、顔をそむけた。

「見てたの」

小さな声で、仄田くんは聞いた。

「うん。ごめん」

さよも、小さな声で答えた。

「どうして見てたの」

仄田くんはまだ顔をそむけたままだ。さよは途方にくれる。

「ごめん」

「鳴海さんが悪いんじゃないだろ」

「でも、ごめん」

「だから、どうして謝るのっ」

急に仄田くんの声が大きくなり、さよはびくっとする。

「野村」

仄田くんがつぶやいた。

「あいつ……」

「野村くんが、どうしたの」

さよは聞いたが、仄田くんは答えない。

「鳴海さん、このこと、絶対に斉藤先生には言わないでよ」

仄田くんはさよの顔をきっとにらみながら、言った。

「わかった」

さよは小さく答えた。

それっきり、また仄田くんは黙りこんでしまった。帰ろうか、と、さよが言っても、仄田くんは動こうとしない。

さよは、先に音楽室を出た。階段のところで少し待ったけれど、仄田くんはいつまでも出てこなかった。

翌日、仄田くんは学校を休んだ。その日も朝から、しのつく雨が降っていた。

さよには、このごろ二つの心配ごとがある。

一つは、仄田くんのことだ。仄田くんが学校に来なくなってから、もう三週間近くになる。

「仄田くんは、風邪が長引いています」

斉藤先生はそう言っていたけれど、ただの風邪で三週間も休むなんて、長すぎるのではないかと、さよはいぶかしんでいるのである。

給食のパンとプリント類を届けるのは、仄田くんの家に一番近い安田くんだ。

「仄田くん、どんな様子だった」

休みがつづいて二週間めに入ったころ、さよは思いきって安田くんに訊ねてみた。

「わかんない。おばあちゃんがいつも出てきて受け取るだけだから」

というのが、安田くんの答えだった。

それ以上、さよは何も聞けなかった。あの音楽室でのことをさよが知っている、ということは、安田くんには絶対に言ってはならないことだった。

さよのもう一つの心配ごとは、「金澤さん」のことだ。

この前の日曜日、珍しいことに、母が出かけようと言いだした。

母は、近所を散歩することや、宵の森にお弁当を持っていってさよと一緒にゆっくり食べ、帰りに夕飯の買い物をしたりすることは好きだけれど、お休みの日にわざわざ電車に乗って街なかに出てゆくことは、あんまり好きではないはずなのだ。その証拠に、お中元やお歳暮を送りにデパートに行かなければならない時には、いつだっ

て母は、

「ああめんどくさい、せっかく家にいられる日なのに」

と、ぶつくさ言うのである。

ところがこの前の日曜日、母は突然こんなことを言いだしたのだ。

「ねえ、デパートの食堂に、お子様ランチを食べに行きたくない」

「お子様ランチ」

さよはびっくりして、聞き返した。

一年坊主や、二年生の小さな子供ならいざ知らず、自分のような大きな子供は、もうお子様ランチなどには興味はないのに。そりゃあ、ほんのぽっちりは、食べたくないこともないけれど。

「じゃなきゃ、プリンアラモード」

母はつづけた。

さよはまた、首をかしげた。

もともとさよは、塩辛や筋子が大好きな子供だ。大人の口を借りて言うなら、「将来飲み助になりそうな」質である。母だって、そのことはよく知っているはずだ。それなのに、そのへんのふつうの子供が喜ぶようなプリンアラモードを食べに行こうだなんて。

この時すでに、さよは何かがへんだとうすうす気がついていたのだ。気がついていることを、さよ自身はまだわかっていなかったにしても。

プリンアラモードについてのさよの返事は確かめぬまま、母はどんどん「おでかけ」のしたくを始めていた。

いつも家で着ている洗いざらしてへなへなになったブラウスをぬぎ、会社に着てゆく白いブラウスを身につける。それから、茶とも黒ともつかない、五年以上ずっとはきつづけているスカートをぬいで、紺色のスカートをはく。これにおそろいの紺色の上着を持ったら、会社に出かけてゆくのと同じ服装になってしまうところだったが、上着のかわりに母が選んだのは、さよが見たことのないクリーム色のカーディガンだった。

「きれい」

さよがほめると、母はにっこりとした。

「似合うでしょう」

こういう時、いらない謙遜をしないのが、さよの母という人である。

さよもしかたなく、着がえはじめた。ところが、さよが一張羅だと心の中で決めている紺色のあっさりしたワンピースを着ようとすると、母が止めるではないか。

「それより、ピンクの方がいいんじゃない」

ピンクの方、というのは、さよがさほど好きではない、うす桃色の子供っぽいかたちのものだ。

「ピンクのは、いや」

さよが言うと、母は少しばかりしょんぼりした様子になった。

「あら、いやなの。ピンクの服、いいのに……」

その時の母の様子も、後になって考えてみれば、へんだったのだ。

いつもの母ならば、

「あらそう、わかったわ」

と、あっさりさよの言うことを認めてくれるか、あるいは、

「ピンクを着なさい。母親のわたしがそう決めたんだから。子供は親の言うことを聞く、聞く」

と、ぴしりと決めつけながらにこにこしているかの、どちらかなのだ。

結局さよは、ピンクのワンピースを着た。白黒はっきりした母に慣れていたさよは、奥歯にものがはさまったようにぐずぐずしているその日の母に、かえってさからうことができなかったのである。

デパートに着いてからも、母はへんだった。

「何か買うの」

さよが聞くと、母はびっくりしたように、

「ああ、買うものね。あれよ、清子（きよこ）のところに、何かおいしいものでも送ろうかと思って」

と言った。

やっぱり、とても、へんだった。

なぜなら、おいしいもの、と言っていたのに、母が向かったのは食料品売り場ではなく、紳士（しんし）服売り場だったからだ。

「背広（せびろ）がたくさんあるね」

さよが言うと、母はまたびっくりしたように、

「あら、ほんと」

と答えた。

「こんなところで、何を買うの」

さよが聞くと、母は目をしばたたいた。

紳士服売り場は、すいていた。母がうわの空なので、さよはもう母のことはほうっておくことにして、幾枚（いくまい）もつるしてある背広を見てまわることにした。背広はちょう

どさよの背丈くらいの棒にかけ渡してあるので、背広と背広の間に入りこんで目をつぶると、みっしりとした茂みの中に迷いこんだような気分になるのだった。背広の茂みの匂いは、冬の匂いに、少しだけ似ていた。寒い日にストーブを焚いた時の、あの冬の部屋の匂い。

（父さん）

さよは、ぼんやりと思った。

父は背広というものをほとんど着なかった。かわりに畝のある灰色の上着をいつも着ていた。ネクタイもめったにすることがなく、上着の下にはとっくりのセーターを着ていた。

さよが父の姿を思いうかべる時、父はいつも冬の服を着ている。

しばらく、さよは背広の茂みをさまよっていたが、そのうちにだんだんお腹がへってきた。むろんお子様ランチには興味などなかったけれど、でも今ならばお子様ランチを食べるのにやぶさかではないと、さよは思った。

その時である。

「あら」

と、母が声をあげた。

すると、

「やあ」

という声が、答えるではないか。

さよは、背広の茂みから飛び出した。

（もしかして、父さんじゃないのかな）

さよはとっさに、そう思ったのである。

けれど、目の前に立っていたのは、父とは全然似ていない男の人だった。

「お買いもの」

母が聞いている。

「まあ、そんなところ」

男の人は答えた。

「あの、これがうちの娘。さよ」

さよを男の人の方に押しだすようにして、母は紹介した。さよは、ぺこりと頭を下げる。そのまま、母と男の人は、しばらく黙っていた。

（早く食堂に行って、お子様ランチとプリンアラモードを食べよう、母さん）

さっきまでお子様ランチとプリンアラモードを軽んじていたことなどすっかり忘れて、さよは心の中で母をせかした。男の人は、どうやら母の知り合いらしかったし、母と男の人の言葉づかいからすると、知り合いの中でも比較的近しい知り合いであるように感じられたけれど、そんなことはさよには関係のないことだった。

今日は、さよと母は、二人でデパートに来ているのだ。知り合いの誰かに会ってあいさつするのは、しょうがない。でもその後にはすぐに、「さよなら」と行って別れるべきなのだ。

「ねえ、母さん」

さよは母の腕を軽くひっぱった。その瞬間、さよは、あっ、と思った。

母のカーディガンから、かすかに香水の匂いがしてくる。

「よかったら、食事でもどうですか」

男の人が言った。さよは、母の顔を見る。

「いいわね」

母は答えた。その答えかたが、なんだかまた、へんだった。

すばやすぎる。

それに、どうして母は、さよに何も聞かないのだろう。

母は、いつだってさよの意見を大事にしてくれる。子供の意見をそこまで尊重しなくてもいいのではないかと、さよが時々思うほどに。でも、今日はちがった。

「さ、行きましょう」

母は言い、さよの手を取った。

そのまま母は、男の人の後について、さよと並んで下りのエスカレーターに乗った。

「行き先は、どこ」

母は、前に立つ男の人に聞いている。

「いいところ」

男の人は答え、振り向いた。それから、さよに向かって、にっと笑いかける。

笑い返そうかどうしようか、さよは一瞬迷った。

なんとなく、笑い返したくなかった。それで、さよはただ黙っていた。

エスカレーターで一階までおりると、男の人は迷いなくデパートの正面玄関を出た。蛍光灯で照らされていた店内から、急に真昼の日差しの中に出たので、日の光に目を射られ、さよは目を細めた。

男の人は、先に立ってどんどん歩いてゆく。歩幅が大きいので、さよと母は遅れがちになった。

やがて着いたのは、ふつうの家のようなところだった。竹で組んだ門があり、いくつかの飛び石を踏んでゆくと、すりガラスのはまったがらり戸がある。

「ここ、どこ」

さよは小さな声で母に聞いた。

「うなぎ屋さんよ」

母は答えた。

よく見てみれば、玄関の扉(とびら)の横に、「うなぎ」と書かれた看板(かんばん)が、かかげられている。

「さよは、うなぎ、好きでしょう」

母はささやいた。

たしかにさよにとって、うなぎはごちそうだ。お子様ランチよりも、プリンアラモードよりも。でも、と、さよは思った。

「今日は、デパートの食堂でお子様ランチを食べるんじゃなかったの」

男の人に聞こえないよう、さよはひそひそ声で母に聞いた。

「こういううなぎ屋さん、初めてでしょう」

さよの問いには答えず、母はそんなふうにはぐらかした。

男の人は、さよと母のやりとりが聞こえているんだかいないんだか、ゆったりとした動作でがらり戸を開けた。

中には、着物の女の人が立っていた。

「いらっしゃいませ。金澤(かなざわ)さまお三人さまですね。お待ちしておりました」

着物の人はそう言って深いお辞儀をし、さよたちを迎えた。

「金澤さん」と母とさよが通されたのは、広い座敷だった。

あんまりその部屋が広いので、部屋の床の間につるされた掛け軸らしきものに描かれているのが、ハトなのかそれともカラスなのか、さよには区別がつかなかった。もちろんそれはハトでもカラスでもなく、さよが全然知らない鳥かもしれなかった。もしかするとそれは鳥でさえなくて、トラかゾウだという可能性さえあった。

さよは、こんなにだだっ広くてよそよそしい部屋は、好きではなかった。おまけに、金澤さんが注文した「白焼き」というものは、さよが知っているうなぎとは、ずいぶん違うしろものだった。

「どうしてご飯がないの」

さよは、隣に座っている母に、こっそり訊ねた。けれど、さよの問いに答えたのは、母ではなく金澤さんだった。

「白焼きだからね」

金澤さんは、愉快そうに言った。

それは答えになっていないと、さよは思った。でもたぶん金澤さんは、わざとそんなふうに答えたのだ。さよをからかおうと思って。

さよは、金澤さんには、からかわれたくなかった。

いや、金澤さんからだけではない。さよはどんな男の人からも、からかわれたくないのだ。父以外の男の人からは。父は、さよをからかうのが、なんて上手だったんだろう。

白焼きのあとに、鰻重（うなじゅう）がきた。母と白焼きを半分こして食べただけなのに、さよはすでにお腹（なか）がいっぱいになっていた。

「さよちゃんのぶんは、少なめにしてもらったよ」

金澤さんは、目くばせをしながら言った。

「ありがとうございます」

さよは、小さな声で答えた。

鰻重を、さよは残さず食べた。ものを食べるのに、こんなに苦労したのは、生まれて初めてのことだった。なるほど、仄田（ほのだ）くんはいつも給食の時にこういう気持ちなのだと、さよにはようやくわかった。

金澤さんとは、うなぎ屋を出てからすぐに別れた。

「またね」

別れぎわ、母は金澤さんに言った。

「うん、またね」

母とさよとを交互（こうご）に見ながら、金澤さんは答えた。

帰り道、母は言葉少なだった。家に帰ってからも、会話ははずまなかった。明日は久しぶりに図書館に行って、『七夜物語』を読もう。その夜、ふとんの中で、さよは決意した。

エスがほえている。

元気だなあ、エスは。仄田くんは思う。

ちょうど今さっき、仄田くんはベッドの中で『犬のすべて』を読み返し終わったところだ。鳴海さよは、『犬のすべて』は気に入ったみたいだけれど、なぜ『食虫植物のすべて』は、あんまり好きじゃないんだろうと、仄田くんはぼんやり考える。

もう熱は下がっていた。けれど、仄田くんはずっと学校を休んでいるのだ。

「まだ体がだるいんだ」

そう言えば、おばあちゃんは仄田くんを簡単に欠席させてくれる。

二つめの夜の冒険を終えてこちらの世界に帰ってきてから、仄田くんとさよは、夜の世界のことについて、ふつうのおしゃべりの中でちらりとふれることはあっても、まだきちっと正面きって話しあっていない。

その理由は、うすうすわかっている。

夜の世界は、とってもあぶない。

灰田くんもさよも、そう思っているのだ。

最初のころは、そうではなかった。どうにかしてまたグリクレルの台所に行きたいと、二人とも思っていた。ところが、へたをすれば二度と目覚めることができなくなりそうだった二つめの夜をくぐりぬけてきた今では、あの世界は自分たちの手に余るのではないかと、二人はひそかに思うようになってきたのだ。

お話の中の冒険は、必ずめでたしめでたしで終わる。

でも、灰田くんとさよの冒険がどんなふうにしておしまいになるのか、ちゃんとめでたしめでたしで終わってくれるのか、だあれも請け合ってなどくれないのだ。

エスが、また鳴いている。

灰田くんは『犬のすべて』をふとんの上に投げだし、あおむけになった。天井に、エスの顔がある。ちょうどいい具合に散った木の節目が、エスの目と鼻にそっくりなのだ。

じっと天井のエスを見ているうちに、灰田くんは眠くなってきた。

今眠ると、また真夜中に目が覚めるはめになり、あのいやなできごとについて考えてしまうことだろう。

「灰田がどっちについても、まったく変わりはないだろ」

音楽室で野村くんが言った言葉が、灰田くんの頭の中で鳴り響く。

なぜ野村くんの言葉を何回も思い返してしまうのか、そのわけを仄田(ほのだ)くんはちゃんと承知(しょうち)している。

仄田くんは、その言葉に傷(きず)ついたのだ。

ドッジボールに参加しなかったことを塩原くんたちになじられた時には、仄田くんはちっとも傷つかなかった。そういうことには、慣(な)れていたからだ。めんどうくさいとは思った。責(せ)められるのが続いて、そのうちにおおっぴらにいじめられるようになるのも、少し怖(こわ)かった。でも、それだけだった。

野村くんの言葉は、ちがった。

自分は、いてもいなくても、同じ。野村くんはそう断定(だんてい)したのだ。そして、みんなも笑いながらそのことに同意した。そのことが、仄田くんをひどく傷つけたのだった。

エスが鳴いている。

今にも仄田くんは眠(ねむ)ってしまいそうだ。

そら、もう仄田くんは眠ってしまった。

そのとたんに、仄田くんは夜の世界にすべりこんだ。

「金澤(かなざわ)さんのこと、どう思った」

さよが母に聞かれたのは、金澤さんにうなぎをごちそうになった次の日の夕ごはんの時だった。

「うなぎがたくさんで、お腹いっぱいだった」

わざとさよは、ずれた答えを返した。

「うなぎ。そうね」

母は答え、きれいな箸づかいでご飯を口にもってゆく。母の食べかたが、さよは好きだ。

「それで、金澤さんは、どう」

もう一度、母は聞いた。

ご飯をかんでいるふりをして、さよはしばらく黙っていた。

やがてさよは答えた。

「どうも、ない」

母は、ほっと息をついた。その日は、金澤さんの話はそれで終わりになった。

電話がかかってきたのは、そのまた次の日だった。

母は台所にいた。出てちょうだいと言われたさよが、受話器に耳をあて、

「もしもし」

と言うと、耳慣れない男の人の声が聞こえてきた。

「さよちゃんだね」

さよは一瞬、黙りこんだ。もしかすると、父の声ではないかと思ったからである。けれど、声はすぐに続けた。

「金澤です。お母さん、お願いします」

受話器にあてているさよの耳が、かあっと熱くなった。さよは台所に走ってゆき、あごでもって、電話のある方をさした。

「誰だった」

母が聞く。

さよは、答えなかった。

「清子なの」

さよはまだ、答えない。

「もう、なんなの」

エプロンで手をふきふき、母は電話の方へと歩いていった。まな板の上の大根は、千六本にきざんでいる途中である。おみおつけに入れるためのものにちがいない。母が金澤さんと話す声を聞きたくなくて、さよは包丁を持った。つたない手つきで、さよは大根をきざみはじめた。

とん。とん。とん。

ゆっくりと、さよは大根を切ってゆく。聞きたくないのに、包丁の音のすきまをぬって、母の声が届いてくる。

母の声は、はなやいでいた。

金澤さんは、まま父になるのだろうかと、さよは思う。

さよは、まま母の出てくるお話を、何冊も読んだことがある。お話の中のまま母は、たいがいまま子をいじめる。もちろんさよは、現実のまま母は、昔話の中に出てくる鬼のようなまま母とはちがうということを知っている。

むしろ、と、さよは考える。現実のまま母は、せいいっぱいがんばって、まま子のことをかわいがろうとするのではないだろうか。

そのでんでゆけば、まま父だって、まま子のことをかわいがるはずだ。でも、さよはそれがいやだった。さよをかわいがるのは、さよの本当の父だけでいい。

「あら、いやだ」

笑いをふくんだ母の声が、聞こえてくる。

どうして父さんは、ここにいないの。どうして。さよは激しく思う。

父が千葉にいると聞いた四年生になりたてのころ、さよはまださほど父に会いたいとは思っていなかった。でも、今はちがう。さよは、父に会いたかった。

さよは大根をきざむ手を速めた。手もとがくるって、指先を包丁がかすった。赤い血が、すうっと指の腹ににじむ。

「あかい」

さよは、つぶやいた。めまいがやってきた。

そのまま目をつぶっていると、体が裏（うら）がえるような、妙（みょう）な感覚がおそってきた。

さよは、夜の世界にすべりこんだ。


（中巻へつづく）

七夜物語（ななよものがたり）　上　朝日文庫

2015年5月30日　第1刷発行
2024年8月30日　第2刷発行

著　者　川上弘美（かわかみひろみ）

発行者　宇都宮健太朗
発行所　朝日新聞出版
〒104-8011　東京都中央区築地5-3-2
電話　03-5541-8832（編集）
03-5540-7793（販売）

印刷製本　大日本印刷株式会社

Published in Japan by Asahi Shimbun Publications Inc.
定価はカバーに表示してあります

ISBN978-4-02-264777-1

朝日文庫

朝井 リョウ
スター
〝国民的〟スターなき時代に、あなたの心を動かすのは誰だ？ 誰もが発信者となった現代の光と歪みを問う新世代の物語。《解説・南沢奈央》

今村 夏子
むらさきのスカートの女
《芥川賞受賞作》
近所に住む女性が気になって仕方のない〈わたし〉は、彼女が自分と同じ職場で働きだすように誘導し……。《解説・ルーシー・ノース》

今村 夏子
星の子
《野間文芸新人賞受賞作》
病弱だったちひろを救いたい一心で、両親は「あやしい宗教」にのめり込み、少しずつ家族のかたちを歪めていく……。《巻末対談・小川洋子》

津村 記久子
ウエストウイング
会社員と小学生——見知らぬ三人が雑居ビルで物々交換から交流を始める。停滞気味の日々にさしこむ光を温かく描く長編小説。《解説・松浦寿輝》

津村 記久子
ディス・イズ・ザ・デイ
《サッカー本大賞受賞作》
全国各地のサッカーファン二二人の人生を、二部リーグ最終節の一日を通して温かく繊細に描く。各紙誌大絶賛の連作小説。《解説・星野智幸》

津村 記久子
まぬけなこよみ
こたつ、新そば、花火など四季折々の言葉から様様なエピソードを綴る。庶民派芥川賞作家のとほほで可笑しな歳時記エッセイ。《解説・三宅香帆》

西 加奈子
ふくわらい
《河合隼雄物語賞受賞作》

不器用にしか生きられない編集者の鳴木戸定は、自分を包み込む愛すべき世界に気づいていく。第一回河合隼雄物語賞受賞作。《解説・上橋菜穂子》

森 絵都
カザアナ

女子中学生の里宇と家族は不思議な庭師〝カザアナ〟と出会い、周りの人を笑顔にしていく。驚きのハッピー・エンターテインメント！《解説・芦沢 央》

森見 登美彦
聖なる怠け者の冒険
《京都本大賞受賞作》

宵山で賑やかな京都を舞台に、全く動かない主人公・小和田君の果てしなく長い冒険が始まる。著者による文庫版あとがき付き。

柚木 麻子
嘆きの美女

見た目も性格も「ブス」、ネットに悪口ばかり書き連ねる耶居子は、あるきっかけで美人たちと同居するハメに……。《解説・黒沢かずこ（森三中）》

柚木 麻子
マジカルグランマ

「理想のおばあちゃん」は、もううんざり。夫の死をきっかけに、心も体も身軽になっていく、七五歳・正子の波乱万丈。《解説・宇垣美里》

綿矢 りさ
私をくいとめて

黒田みつ子、もうすぐ三三歳。「おひとりさま」生活を満喫していたが、あの人が現れ、なぜか気持ちが揺らいでしまう。《解説・金原ひとみ》